R. Püschel

Li Romanz de la Rose, première partie par Guillaume de Lorris.

Friedrichs-Gymnasium. Jahresbericht, für das Schuljahr von Ostern 1871 bis Ostern

1872

R. Püschel

Li Romanz de la Rose, première partie par Guillaume de Lorris.
Friedrichs-Gymnasium. Jahresbericht, für das Schuljahr von Ostern 1871 bis Ostern 1872

ISBN/EAN: 9783741193705

Hergestellt in Europa, USA, Kanada, Australien, Japan

Cover: Foto ©Andreas Hilbeck / pixelio.de

Manufactured and distributed by brebook publishing software
(www.brebook.com)

R. Püschel

Li Romanz de la Rose, première partie par Guillaume de Lorris.

Depuis le seizième siècle, le Roman de la Rose a été publié à plusieurs reprises en France. Voici les principales éditions:

Sous le règne de François premier, Clément Marot fit une édition de ce roman. „Cestuy livre plaisant«, dit-il dans sa préface, »a été auparavant, par la faute, comme je croy, des imprimeurs, assez mal correct ou par adventure de ceulx qui ont baillé le double pour l'imprimer; car l'ung et l'autre peult être cause de son incorrection, pour laquelle chose restituer en meilleur estat et plus expédiente forme pour l'intelligence des lecteurs et auditeurs, nonobstant la foiblesse du mien petit entendement et indignité de rural engin, ay bien voulu relire ce présent Livre dès le commencement et jusques à la fin, à laquelle chose faire fort laborieuse, me suis employé et l'ay corrigé au moins mal que j'ay peu, y adjoustant les quottations des plus principaux notables et auctoritez venant à propos sans le mien voulontaire consentement, comme debvez entendre.«

Cependant il ne s'est pas contenté de rajeunir les expressions surannées de son temps, il a fait des changements si considérables qu'il faut regarder son travail moins comme une correction que comme une traduction assez libre du roman. Il a ajouté bon nombre de vers, il en est d'autres aussi qu'il a retranchés ou dont il a modifié le sens selon sa fantaisie.

La première édition de Marot parut à Paris, en lettres gothiques, in-folio, en 1527; la seconde, en lettres romaines, in-octavo, à Paris chez Galliot Dupré en 1529; la troisième, en lettres gothiques, à Paris chez Jean de Longis en 1537.

Deux siècles plus tard, Lenglet du Fresnoy entreprit une édition du même ouvrage sous le titre suivant: Guillaume de Lorris et Jean de Meung, dit Clopinel, le Roman de la Rose, revu et accompagné de plusieurs autres ouvrages, d'une préface historique, de notes, d'un glossaire, in-octavo, Amsterdam 1735.

Lantin de Damerey publia un »Supplément au glossaire du Roman de la Rose«, contenant des Notes critiques, historiques et grammaticales à Dijon 1737, in-octavo.

L'édition qui suivit avait pour titre: Guillaume de Lorris et Jean de Meung, dit Clopinel, le Roman de la Rose, édition faite sur celle de Lenglet Dufresnoy, corrigée avec soin et enrichie de la Dissertation sur les auteurs par J. B. Lantin de Damerey, Paris 1799, grand in-octavo.

Ensuite Méon fit imprimer à Paris en 1814 une édition du roman d'après des manuscrits plus anciens que ceux des précédents éditeurs.

1*

La dernière édition date de 1864 et a été faite par Francisque-Michel à Paris, in-octavo. Cette édition n'est en réalité que la reproduction de celle de Méon, à laquelle Francisque-Michel s'est contenté d'ajouter des gloses marginales, contenant les équivalents modernes des mots vieillis. (Voyez la critique de cette édition par Paul Meyer, dans la Bibliothèque de l'École des chartes, novembre-décembre 1864, p. 177.)

Aucun de ces éditeurs n'indique ni le manuscrit dans lequel il a puisé, ni la manière dont il s'en est servi. — Notre travail n'a pas la prétention de fixer définitivement la forme du texte. Pour atteindre ce but, il faudrait comparer et classer les manuscrits qui se trouvent à Paris, et les événements des dernières années ne nous ont pas permis d'entreprendre une telle tâche. Tout ce que nous nous sommes proposé de faire, c'est d'essayer de restituer à la première partie de l'ouvrage le dialecte dans lequel il a été écrit, et de concourir, dans la mesure de nos forces et de nos renseignements, à ramener le texte à sa forme primitive.

La première partie du roman, comprenant les vers 1 – 4068,*) a été composée par Guillaume de Lorris, la seconde par Jean de Meung. On trouve le même dialecte employé dans les deux parties de l'ouvrage. Il suit de là que le dialecte à rétablir est celui du continuateur. Meung est situé dans la partie occidentale de l'Orléanais, où se parlait le dialecte bourguignon, modifié par le mélange des formes normandes. (Fallot, Recherches sur les formes grammaticales de la langue française et de ses dialectes au XIII° siècle p. 19 et 20; Burguy, Grammaire de la langue d'oïl, I, 16 et II, 58.)

Le manuscrit de Berlin, 80 in-quarto, que nous avons collationné, appartient au quatorzième siècle. A partir de la page 819, vers 21543, la copie n'est plus de la même main. Les pages sont divisées en deux colonnes, dont chacune se compose de 32 lignes. Les initiales sont peintes avec beaucoup de soin; elles manquent absolument aux pages 7, 49, 77, 89, 144, 182. Les numéros 100 et 183 sont omis dans le numérotage des pages. Le manuscrit, composé de 169 feuilles, est venu de Limoges à Berlin. Malheureusement il n'est pas complet; dans la première partie du roman, il manque deux feuilles, l'une après le vers 1107, et l'autre après 1739.

Chaucer a traduit le Roman de la Rose dans sa jeunesse. Comme il est né en 1328, on a lieu de supposer qu'il a fait cette traduction au commencement de la seconde moitié du quatorzième siècle. On doit induire de là que l'original français qu'il a eu sous les yeux, n'est pas postérieur à cette époque. Comme le poëte anglais se sert de la même mesure que le trouvère français, et qu'il rend ordinairement vers par vers avec une louable exactitude, on peut voir à travers sa traduction, à peu d'exceptions près, la forme de l'original.

Chaucer a traduit entièrement la portion du poëme qui appartient à Guillaume de Lorris. Depuis le vers 5875 jusqu'au vers 11444 il y a une lacune; un seul vers manque après 1203; en tout, la traduction ne va pas au-delà du vers 13290.

---

*) Remarquons en passant que Francisque-Michel a mal numéroté les vers. Il passe brusquement de 3400 à 4001.

Relativement au temps où a été fait le Roman de la Rose, voici ce que dit Lenglet du Fresnoy dans la préface de son édition p. 9 et 10:

»On dit communément que Jean de Meung fit ce Roman en 1300; mais au moins y a-t-il des preuves, dans son ouvrage même, qu'il étoit fait avant 1305.«

»L'on sait que l'ordre des Templiers ne fut aboli qu'en 1309. On avoit arrêté dès l'an 1307 plusieurs de ses membres, prévenus, disoit-on, des crimes les plus horribles: on avoit fait courir ces bruits, vrais ou faux, au moins un an ou deux auparavant. Ainsi, dans la prévention où l'on étoit alors, cet ordre n'étoit point à citer comme un corps régulier où l'on pouvoit faire son salut. C'est néanmoins ce que fait Jean de Meung, lorsqu'il dit, vers 12389:

> S'il entroit, selon le commant
> Saint Augustin, en Abbaie
> Qui fust de propre bien garnie,
> Si cum sunt ore cil blanc Moine,
> Cil noir, cil reguler Chanoine,
> Cil de l'Ospital, cil du Temple,
> Car bien puis faire d'eus exemple.

„S'il est vrai, comme on n'en peut douter, que Jean de Meung a fini son roman avant 1305, il n'est pas moins certain que Guillaume de Lorris est mort vers l'an 1260, c'est-à-dire plus de quarante ans avant que Jean de Meung en entreprît la continuation, sur laquelle il n'aura pas été moins de trois ou quatre ans. Car, quelque facilité que l'on ait, on ne sauroit mettre moins de temps à faire plus de dix-huit mille vers que contient cette continuation. Voici les paroles mêmes du Roman, sur lesquelles est appuyé le raisonnement que je viens de faire. Il est bon de savoir que c'est le Dieu d'Amour que l'auteur y fait parler en prophète, vers 11330, etc.

> Puis vendra Jehans Clopinel,
> Au cuer jolif, au cors isnel,
> Qui nestra sor Loire, à Méun,
> Qui à saoul et à géun
> Me servira toute sa vie,
> Sans avarice et sans envie,
> Et sera si très-sages hon,
> Qu'il n'aura cure de Raison . . . . .
> Cis aura le Roman si chier,
> Qu'il le vodra tout parfenir,
> Se tens et leu l'en puet venir:
> Car quant Guillaumes cessera,
> Jehans le continuera
> Après sa mort, que ge ne mente,
> Ans trespassés plus de quarente."

Cependant la date de 1305, généralement acceptée depuis Lenglet du Fresnoy, ne nous paraît pas justifiée. D'autres passages servent mieux à fixer la date de la composition du poëme.

Jean de Meung dit, vers 7373—7381:

> C'est de Mainfroi, roi de Sesile,
> Qui par force tint et par guile,
> Lonc-tens en pès toute sa terre,
> Quant li bons Karles li mut guerre,
> Conte d'Anjou et de Provance,
> Qui par devine porvéance,
> Est ores de Sesile rois,
> Qu'ainsinc le volt Diex li verois,
> Qui tous jors s'est tenus o li.

et vers 7392—7398:

> De Corradin parler ne quier,
> Son neveu, dont l'exemple est preste,
> Dont li rois Karles prist la teste
> Maugré les princes d'Alemaigne;
> Henri, frère le roi d'Espaigne
> Plain d'orguel et de traison,
> Mist-il morir en sa prison.

Dans ce dernier vers, Francisque-Michel met: Fist-il morir etc. Nous avons adopté la leçon du manuscrit de Berlin, parce que Henri n'est pas mort en prison.

Enfin nous citerons vers 7463—7473:

> Cis vaillans rois dont ge te conte,
> Que l'en soloit tenir à conte,
> Cui nuis et jors, et mains et soirs,
> L'ame, le cors et tous ses hoirs
> Gart Diex et desfende et conseille,
> Cil donta l'orguel de Marseille,
> Et prist des plus grans de la vile
> Les testes, ains que de Sezile
> Li fust li roiaumes donés,
> Dont il est or rois coronés,
> Et vicaires de tout l'empire.

Nous avons cité ces vers d'après l'édition de Francisque-Michel. Au vers 7472, nous avons suivi le manuscrit de Berlin; l'édition de Michel porte: Dont il fu puis rois coronés. Mais en comparant ce passage avec le vers 1379: »Est ores de Sesile rois«, où le manuscrit s'accorde avec l'édition de Michel, on voit aisément que les mots »fu puis« ont été mis à la place de »est or« par le copiste qui vivait postérieurement au règne de Charles d'Anjou. Du reste, l'ensemble prouve suffisamment que lors de la composition de cette partie du roman, ce prince n'avait pas perdu la Sicile, ce qui n'arriva que plus tard par suite des Vêpres Siciliennes.

Or, Charles fut couronné roi de Sicile par le pape Clément IV, le 6 janvier 1266. Conradin fut décapité à Naples au mois d'octobre 1268. Henri, fils du roi de Castille saint Ferdinand et frère d'Alphonse le Sage, fut condamné dans la même année à une prison perpétuelle.

Don Enrique resta prisonnier vingt et un ans, peut-être davantage, d'abord dans le château de Canosa, puis dans celui de Santa Maria del Monte. Il ne sortit de prison que sous le règne de Charles II (Alexis de Saint-Priest, Histoire de la Conquête de Naples par Charles d'Anjou III, 32 et 141).

Le passage (vers 7463—7473), que nous avons indiqué plus haut, et qui célèbre les faits d'armes du roi Charles et les honneurs qu'il a obtenus, ne fait aucune mention d'un fait important qui n'était pas à omettre. C'est que Charles se fit sacrer roi de Jérusalem en 1277. Si le poëte avait composé son roman après cet événement, il est sûr qu'il n'aurait pas manqué d'en tirer gloire pour le »bon roi Charles«, dont il chante l'heureuse fortune.

En résumé, nous dirons que Jean de Meung a commencé la seconde partie du roman après 1268, qu'il l'a achevée avant 1277, et que Guillaume de Lorris est mort entre les années 1228 et 1234.

Comme ce dernier a composé son roman à l'âge de vingt-cinq ans, à ce qu'il en dit lui-même, vers 21, 45 et 46:

> Ou vientiesme an de mon aage . . . .
> Auis mestoit quil estoit mais,
> Il a mont bien .v. anz ou mais,

il doit être né entre 1204 et 1209.

Quant à la vie de Guillaume, nous sommes sans renseignements positifs; nous savons seulement qu'il était natif de Lorris, petite ville de Gâtinais, dont il portait le nom.

Encore un mot sur l'orthographe que nous avons suivie. Nous avons adopté le principe professé par Maetzner, Wackernagel, et plusieurs autres éditeurs. Nous reproduisons exactement l'orthographe du manuscrit, qui met i également pour i et pour j, et qui ne fait pas de différence entre v et u.

Li Romanz de la Rose.

Première Partie par GUILLAUME DE LORRIS.

Manuscrit de la Bibliothèque royale à Berlin 80 in 4° (B); Le Roman de la Rose par Guillaume de Lorris et Jean de Meung, par Francisque-Michel, Paris 1864. Tome I (M); The Romaunt of the Rose in the Poetical Works of Geoffrey Chaucer, edited by Thomas Tyrwhitt, London G. Routledge and Sons 1871 (C).

Ci comance li Romanz de la Rose,
Ou lart damors est toute enclose.

1 Maintes genz dient que en songes
Na se fables non et mensonges;
Mes len puet tels songes songier
Qui ne sunt mie mensongier;
5 Ainz sunt apres bient aparent.
Si en puis bien trere a garant
.I. aucteur qui out non Macrobes,
Qui ne tint pas songes a lobes;
Ainceys escrist la uision
10 Qui auint au roi Cipion.
Quiconques cuide ne qui die
Que soit folor ne musardie
Qni cuide que songes auiegne,

15 E qui uoudra, por fol men tiegne;
Car endroit moi ai ie fiance
Que songes soit senefiance
Des biens as genz et des anuiz,
Quar li plusor songent de nuiz
20 Maintes choses couertement
Que len uoit puis apertement.
Ou uintiesme an de mon aage,
Ou tens quamors prent le paage
Des iones genz, couchiez mestoie
25 En mon lit ou ie me dormoie,
Et me dormoie mout forment;
Lors ui .i. songe en mon dorment,
Qui trop fu beax, et mout me plout.
Mes en tel songe onques rien nout
Qui tretout auenu ne soit

Titre: Ci coumance le Roumanz B. Ci est le Rommant M. damour B. tote M.

1 gens M. 2 menconges B. 3 Mais M. peut B. tel B. tiex M. some sweven C. songer B. 4 mencongier B. 5 Ains M. apparant M. 6 traire B. 7 Un acteur M. An authour C. et M. macobes B. Macrobes C. 9 Ainçois M. the avisioun C. 10 roy B. Cyprion B. Cipioun C. 12 soyt B. ou musardie M. or else nicete C. 13 De croire que M. To wene that C. aviengne M. 14 Qui ce voldra, pour fol men tiengne M. Let who so liste a foole me call C. foul B. 15 androyt moy ay B. seneflence B. trow 1. C. 16 songe MB. soyt B. That dreames signifiaunce be C. seneflence B. 17 as] aus B. gens M. annuiz B. 18 Car M plusors B. des M. a nightes C. 19 couvertement M. 20 uoyt B. 21 U wientiesme B. 22 Ou point M. prend M. When that love taketh his courage C. 23 gens M. couchiez estoie M. mestoye B. 24 En mon lit En mon lit B. dormoye B. Une nuit, si com je souloie M. 23—24 Of younge folke, I wente soone ‖ To bed, as I was wont to doone C. 25 dormoye B. moult (toujours) M. 26 Si vi un M. And in sleeping C. dormant M. 27 bel B. Qui moult fu biax et moult me plot M. That liked me wondrous wele C. 28 Mes onques riens ou songe n'ot M. But in that sweven is never a dele C. riens B. 29 Qui avenu trestout M. soyt B.

30 Si com li songes recensoit.
   Or ueuil cel songe rimoier
   Por plus uos cuers fere esgaier,
   Quamors le me prie et commande;
   E se nus ne nule demande
35 Comment ie ueuil que cist romanz
   Soit apelez, que ie comanz,
   Ce est li romanz de la Rose,
   Ou lart damors est toute enclose.
   La matire en est bone et neuue;
40 Or doint Dex quen gre le receuue
   Cele por qui ie lai empris.
   Cest celo qui tant a de pris,
   Et tant est digne destre amee
   Quel doit estre Rose clamee.
45 Auis mestoit quil estoit mais,
   Il a mont bien .v. anz ou mais,
   Quen mai estoie, si sonioie,
   Ou tens amoreus plain de ioie,
   Ou tens que toute riens sesgaie;
50 Que len ne uoit boisson ne haie
   Qui en mai parer ne se uuille,
   E courir de nouele fuille;

   Li bois commencent lor uerdure,
   Qui sunt sec tant com iuers dure,
55 La terre meismes sorguille,
   Por la rosee qui la muille,
   Et oblie la pourete
   Ou ele a tout yuer este.
   Lors deuient la terre si gobe,
60 Quel ueut auoir nouele robe;
   Si fet si cointe robe fere,
   Que de colors i a .c. pere,
   Derbes, de flors indes et perses,
   Et de meintes colors diuerses.
65 Cest la robe que ie deuise,
   Por quoi la terre miuz se prise.
   Li oisel, qui se sunt teu
   Tant comme il ont le froit eu
   Et le tens diuers et ferin,
70 Sunt en mai, por le tens serin,
   Si lie quil monstrent en chantant
   Quen lor cuers a de ioie tant,
   Que les estuet chanter par force.
   Adonc li rosignols sesforce
75 De chanter et de fere noise;

---

30 Si , B.*) songe B. reconsoyt B. recontoit M. woll tell us all C. 31 veil M. ce B. rimaier M. rimoyer B. 32 Por vos cuers plus M. esgayer B. 33 Quamours B. commende B. 34 Et se M. 35 ge voil M. uieul B. cest B. cilz rommans M. 36 Soyt apele B. ge commans M. 37 li] le B. Rommanz M. 38 tote M. 39 noeue M. 40 diex BM. Le] variante: la B. reçoeve M. that she it take C. 41 Celle B. ge M. lay enpris B. 42 Ce est celle B. 43 de estre B. 44 doyt B. 45 Avis m'iere qu'il estoit mains M. Auis mestoyt quil estoyt ma (après ma on voit les traces de deus lettres effacées) B. That it was May me thoughte tho C. 46 ou ma (après ma on voit les traces de deus lettres effacées) B. Il a ja bien cinc ans, au mains M. It is five yere or more ago C. 47 Quē moy estoye B. En mai M. ce songoie M. That it was May, thus dreamed me C. 48 Ou] El M. tēps B. plein B. ou tote M. rien sesgaye B. 50 lan B. boysson ne haye M. 51 may B. voille M. 52 E] Et M. nouelle B. foille M. feulle B. 53 boys B. Li bois recovrent M. These woodes eke recoveren grene C. 54 yver M liuer B. 55 s'orgoille M. 56 rousée M. moille M. moylle B. 57 poverte M. 58 elle B. tot l'yver M. 60 Quelle B. volt M. auoyr B. nouelle B. 61 acet M. faire M. And maketh so queint his robe and faire C. 62 cent paire M. 63 blanches et persees B. of Inde and Pers C. 64 maintes M. 65 ge M. 66 quoy B. miex M. 67 sont B. 68 coin M. froyt B. 69 temps B. frarin M. In wethers grille, and derke to sight C. 70 Sont an may B. 71 monstres eu chanteut B. (d'une autre main.) 72 lor cuer M. lors cuers B. hir heart C. ioye B. 73 Qui B. Qu'il lor M. esteut B. 74 Li rossignol lores s'esforce M. Than doth the nightingale her might C. le rosignol saforce B. 75 faire M. nayse B.

---

*) ȝ se met pour con ou com.

Lors se deduit, et lors senuoise
Li papegauz et la kalendre:
Lors estuet iones genz entendre
A estre gais et amoreus
80 Por le tens bel et doucereus.
Mout a dur cuer qui en mai naime,
Quant il ot chanter sus la reime
As oisiaus les doz chanz piteus.·
En iceli tons deliteus,
85 Que tote riens damer sesfroie,
Dedens mon lit ou me gesoie,
Soniai .i. songe en mon dorment
Que matins estoit tres forment;
De mon lit matin me leuai,
90 Chaucai moi et mes meins lauai.
Lors tres une aguille dargent
Dun aguiller mignot o gent,
Et pris laguille a enfiler.
Hors de uile oi talent daler,
95 Por oir des oisiaus les sons
Qui chantoient par ces boissons
En icele seson nouele;
Cousant mes mauches a Videle

Men uoys trestous seus esbatant,
100 Et les oysillons escoutant,
Qui de chanter mout sangoissoient
Par ces uergiers qui florissoient.
Liez et iolis, pleins de noblece
Vers une riuiere madrece
105 Que ioi pres dileques bruire,
Car ne me soi plus bel deduire
Que daler sus cele riuiere.
Du tertre qui pres diloc iere
Descendoit leue bele et roide,
110 Clere estoit et autresi froide
Comme puiz, ou comme fonteine,
Et estoit poi mendre de Saine,
Mes quele estoit plus espandue.
Quonques mes nauoie ueue
115 Cele eue qui si bien scoit:
Mout mabelissoit et seoit
A regarder le liu plesant.
De leue clere et reluisant
Mon uis refreschi et laue.
120 Si ui tot couert le graue
Le fond de leue de grauele;

76 Lors s'esvertue M. Than is blisfull many a sithe C.   77 le papegaut B. papegaus M.
kalandre M.   78 esteut B. gens M.   79 gayz B.   80 temps B.   81 may B.   82 oit B. raime M.
83 Aus oysiaus B. dous chans M.   84 and in C. temps B.   85 rien B. sesfroye B.   86–88 Sonjai
une nuit que j'estoie ‖ Ce m'iert avis en mon dormant, ‖ Qu'il estoit matin durement M. Me thought
one night, in my sleeping, ‖ Right in my bed full readyly ‖ That it was by the morrow early C.
86 gesoye B.   87 Soniay B.   88 matin B. formant B.   89 tantost M. leuay B. And up I rose C.
90 Chaucay moy B. mains M.   91 trais M.   92 et M.   93 Si M.   94 oy B.   95 oysiaus B.   96 buyssons B.
97 icelle B. saison M. nouelle B.   98–99 Cousant mes manches a videle, M'en alay tot seus esbatant M. With a thred basting my slevis, ‖ Alone I went in my playing C.   98 cousent B. a uidele B.
99 trestout seul B.   100 oiselés M.   101 s'engoissoient M. sangoysseint B.   102 virgule après
florissoient M. florisoint B.   103–104 Jolis, gais et pleins de léesce. Vers une rivière m'adresce M.
Jolife and gay, full of gladnesse, Toward a river gan I me dresse C.   103 noblace B.   105 ioy B.
d'ilecques M. bruyre B.   106–107 Car ne me soi aillors deduire ‖ Plus bel que sus cele rivière M.
For fairer playeng none saw I ‖ Than playen me by the rivere C.   106 soy B.   108 D'un M. from
an hill C. d'iluec M. yere B.   109 Descendoyt B. l'iaue M. belle et royde B. grant et roide M.
stiffe and bold C.   110 estoyt B. Clere, bruiant et aussi froide M. froyde B. Clere was the water
and as cold C.   111 Come puys B. fontaine M.   112 estoyt poy B. And somedele lasse it was C.
113 iere M. estoyt B. espendue B.   114 Onques M. Que onques B. nauoye B. And never C.
115 Tele iaue qui si bien coroit M. The water that so wele liked me C.   116 mabelisoyt B. seoyt B.
117 le leu M. plaisant M.   118 l'iaue M.   119 rafreschi M.   120 tout B. coveri et pavé M. tho
saw I wele ‖ The bottome ypaved everidele ‖ With gravel C.   121 Le fons de l'iaue M. fonz B.
grauelle B.

La praerie ert grant et bele
Qui au pie de leue batoit.
Clere et bele et serie estoit
125 La matinee et atempree:
Lors maualai parmi la pree
Contreual leuo esbanoiant
Et les oysillons escoutant.
Quant ioi .i. poi auant ale,
130 Trouai .i. uergier grant et le,
Tot clos de haut mur bataillie,
Portret dehors et entaillie
A maintes riches escriptures.
Les ymages et les paintures
135 Dou mur uolentiers remire:
Si uos contere et dire
De ces ymages la semblance,
Si com me uient a remembrance.

Haine.

Enz ou mileu ie ui Haine
140 Qui de corroz et dataine
Sembloit bien estre moueresse,
E corroceuse et tenceresse
Et plaine de grant cuuertage

Estoit par semblant cele ymage.
145 Si nestoit pas bien atornee,
Ainz sembloit estre forsenee:
Rechinie auoit et froncie
Le uis, et le nes recorcie.
Ilideuse estoit et roillie,
150 Et ai estoit entortillie
Hideusement dune touaille.

Felonie et Vilenie.

Vne autre ymage dautel taille
A senestre ui delez lui;
Son non desus sa teste lui,
155 Apelee estoit Felonie.
Vne ymage qui Vilenie
Auoit non, reui deuers destre,
Qui estoit auques dautel estre,
Com ces .ii. et dautel feture;
160 Bien sembloit male creature,
Et sembloit bien estre orguilleuse,
Et mesdisant et ramponeuse.
Mout sot bien paindre et bien portrere
Cil qui sot tel ymage fere;
165 Car bien sembloit chose uilaine

122—123 La praerie grant et bele ‖ Très au pié de l'iaue batoit M. The meadowes softe, sote and grene ‖ Beet right upon the water side C.   122 belle B.   123 batoyt B.   124 Clere et serie et bele M.   belle B.   estoyt B.   125 atrempee B.   attempre C.   126 m'en alai M.   me aualay B. Tho gan I walken C.   127 C....ual B.   Downward aye in my playing C.   l'iaue M.   128 Tot le rivage costoiant M.   The rivers side coôsting C.   129 ioy B.   un M.   poy B.   130 Si vi un M. I saw a garden C.   Trouay B.   131 Tout B.   d'un M.   batayllie B.   With hie walles C.   132 Portrait defors M.   entallie B.   133 escritures M.   135 Ai moult volentiers remiré M.   remiray B.   Can I beholde besely C.   (nous supposons Gan).   136 vous M.   conteray et diray B.   138 com moi M. comme B.   Titre: Hayne B. (en rouge).   139 Ens M.   milieu M.   140 corrous M.   141 Sembloit B. moverresse M.   142 Et correceuse et tenceresse M.   144 Estoyt B.   celle B.   145 nestoyt B. 146 Ains M.   sembloyt B.   147 Rechignié M.   auoyt B.   148 recorce B.   secorcié M.   Her nose snorted up for tene C.   149 Par grant hideur fu soutilliée M.   estoyt B.   roilliee B.   Full hidous was she for to sene, ‖ Full foule and rustie was she this.   150 estoyt B.   entortillies B.   entortillée M. 151 touille M.   Titre: Félonnie est placé par M.   avant le v. 152 et Vilonie avant le v. 156.   Dans B. avant le v. 152: Felonie et vilainie en rouge et Felonie et vilenie en noir.   152 Un B.   dautre B.   of another C.   153 luy B.   154 luy B.   155 Apellée M.   estoyt B.   Felonnie BM.   156 Un B. Vilouie M.   157 Auoyt B.   158 estoyt B.   159 Con B.   deus M.   fayture B.   160 sembloyt B. 161 Et despiteuse et orguilleuse M.   sembloyt B.   orguelleuse B.   162 medisant B.   161—162 She seemed be full despitous, ‖ And eke full proude and outragious C.   163 portraire MB.   164 Cil qui tiex ymages sot faire M.   suche an image C.   165 sembloyt B.   villeine B.

Et de grant affit estre plaine,
Et feme qui petit seust
Honorer ceu quele deust.

Couoitise.

Apres fu painte Couoitise:
170 Cest cele qui les genz atise
De prendre et de nient doner,
Les granz auoirs fet auner.
Cest cele qui fait a usure
Maint prester por lor grant ardure
175 Dauoir conquerre et asembler.
Cest cele qui semont dembler
Les larrons et les ribaudeaus;
Si est granz dolors et granz deaus,
Quen la fin on couient maint pendre.
180 Cest cele qui fet lautrui prendre,
Rober, tolir et mesconter,
Et bacocier et bareter.
Cest cele qui les tricheors
Fait toz et les faus pledeors,
185 Qui maintes foiz par lor faueles
Ont as uallez et as puceles
Lor droites heritez tolues.

Recorbelies et crocues
Auoit les mains icele ymage;
190 Cest bien droiz que toz iors esrage
Couoitise de lautrui prendre.
Couoitise ne sout entendre
Fors que a lautrui acrochier;
Couoitise a lautrui trop chier.

Auarice.

195 Vne autre ymage auoit asise
Coste a coste de Couoitise,
Auarice estoit apelee.
Lede estoit et sale et folee.
Cele ymage eirt megre et chetiue,
200 Et ausi uert comme une ciue:
Tant par estoit descoloree,
Quele sembloit desfiguree,
Chose sembloit morte de faim,
Qui ne uesquist fors que de pain
205 Poetri ou lesu fort et egre;
Ouec ceu quele estoit si megre,
Eirt ele pourement uestue:
Cote auoit uiez et desrumpue,
Com sele fust as chiens remese;

166 grat B. De dolor et de despit M. Full foule and chorlych seemed she C. **167** fume M.
168 D'honorer ceus M. quelle BM. **167—168** And little coulde of norture, ‖ To worship any creature C. Titre:
Coveitise M. Couuoitise B. **169** pante B. Coveitise M. couuoytise B. **170** gens M. **171** noient
donner M. **172** Et les grans avoirs aûner M. And great treasoures up to laine C. **173** celle B.
174 Prester mains M. Leneth to many a creature ‖ The lasse C. la M. **175** Dauoyr B. assembler M.
176 celle B. dambler B. **177** ribaudiaus M. **178** grans péchiés et grans diaus M. grant dolor et
grant B. And that is routhe C. **179** estuet mains M. couuient B. **180** celle toz. fait M. lautruy B.
181 Rober, tolir et bareter M. tollir B. Through robberie or miscoveting (Tyrwhit suppose mis-
compting). **182** manque dans C. **182** Et bescochier et mesconter M. **183** celle B. **184** tous M.
pladayors B. **185** foiz M. lors fauolles B. **186** valès M. aus (deux fois) B. pucelles B. **187** Lors B.
hritez B. hérités M. **188** Recorbillies M. crochues B. **189** Auoyt B. icel B. **190** Ce fu droiz:
car M. anraege B. **191** Coveitise M. (de même **192** et **194**) set M. sot B. **193** A riens qu'à M.
lautruy acroechier B. **194** lautruy B. **195** Un B. i et assise M. auoyt B **196** Coveitise M.
couuoitise B. **197** estoyt B. **198** enfumee folee (de la même main) B. **198 - 199** Lede estoit et
sale et foulee ‖ Cele ymage et megre et chetive, M. **199** Full sad and caitife was she eke C. Cel B.
200—202 Et aussi vert com une cive; ‖ Tant par estoit descoloree, ‖ Qu'el sembloit estre enlangoree; M.
And also grene as any leke ‖ So evil hewed was her colour, ‖ Her seemed to have lived in langour, C.
201 estoyt decoloree B. **202** sembloyt B. (de même **203**). **205** Pétri a lesun (il devrait mettre au
moins l'essu) M. Kneden with eisell strong and egre C. aigre MB. **206** Ouec cen quelle estoyt
megre B. Et avec ce qu'ele iere maigre M. And thereto she was leane and megre C. **207** Iert M.
elle B. **208** auoyt B. viés M. derompue B. **209** Con selle B. Comme s'el M. aus B.

210 Poure eirt la cote et mout esrese,
Et plaine de uiez paleteaus.
Delez li pendoit .i. manteaus
A une perche mout grelete,
Et une cote de brunete;
215 Ou manteau nout pas penne uere,
Mes mout uis et deputafere,
Daigneaus noirs, ueluz et pesanz.
Bien auoit la robe .x. anz,
Mes Auarice dou uestir
220 Se uost mout atart aastir:
Car sachiez que mout li pesast
Que cele robe point usast;
Sele fust usee et mauuese,
Auarice eust grant mesese
225 De neuue robe; eust disete,
Auant quele eust autre fete.
Auarice en sa main tenoit
Vne borse quel reponnoit,
Et la fermoit si durement
230 Que len demorast longuement
Auent quen en peust rien trere,
Mes an nauoit de ceu que fere:
El naloit pas a ce beant
Que de la borse ostast neant.

Enuie.

235 Apres refu portrete Enuie,
Qui ne rist onques en sa uie,
Nonques por rien ne sesioi,
Sele ne uit ou sel noi
Aucun grant domage retrere.
240 Nule riens ne li puet tant plere
Cum mesfet et mesauenture;
Quant el voit grant desconfiture
Sus aucun prodome cheoir,
Ice li plest mout a ueoir.
245 Ele est trop lie en son corage,
Quant el uoit aucun grant lignage
Dechoier et aler a honte;
Et quant aucuns en ennor monte
Par son sens ou par sa proece,
250 Cest la chose qui plus li blece:
Sachez que tantost li couient
Estre iree quant biens auient.
Enuie est de tel cruaute,
Quele ne porte leaute
255 A compaignon ne a compaigne;
Si na parent, tant li ataigne
A cui el ne soit anemie,
Et sachiez quel ne uodroit mie

210 iert moult la cote et M. 211 viés palestiaus M. paleteaux B. 212 lui B. pendoyt B. uns M. manteaux B. mantiaus M. 213 greslete M. 215 mantiau M. n'ot M. vaire M. 216 Mes moult viés et de povre afaire M. dc put affcre B. 217 D'agniaus M. daignaux B. velus et pesans. M. 218 auoyt B. vingt ans; M. 219 du M. 220 So sot moult à tart aatir M. anhatir B. 219—220 For Avarice to cloath her welc, ‖ Ne hasteth her never a dele C. 221 sochiez B. sachiés M. For certainly it were her loth C. 222 Se M. celle B. To wearen of that ilke cloth C. 223 Selle B. Car s'el M. And if C. 225 De nocve robe et grant disete M. she ‖ Woulde have full great nicete ‖ Of clothing C. 227 an B. tenoyt B. 228 reponnoyt B. 229 nooit M. fermoyt B. bond C. 230 Quo demorast moult M. Men must abide wonder long C. 231 Aincois quel en péust riens traire M. pust B. traire B. Out of the purse er ther come aught C. 232 an auoyt B. el n'avoit de cc que faire (Il y a un point) M. For that ne commeth in her thought, C. 234 noyant B. 235—239 sont presque illisibles dans B. 235 porteire neuie B. pointed Envy C. 237 Onques B. N'onques de riens M. Nor never C. sesioy B. 238 noy B. 239 retreire B. 240 rien B. peut B. 241 Con B. 242 voyt B. 243 Sor aucun prodomme M. choyr B. 244 voyr B. 245 Elle B. liee B. 246 uoyt B. 247 Déchéoir M. Dechoyer B. 248 aucun B. à honor M. in honour C. 249 proasce B. 250 la blèce M. 251 Scchez B. Car sachiés que moult ne convient M. For trusteth well she goeth nie wood C. 252 bien B. 253 Enicue B. Envy C. tele B. 254 Quel ne porte loyaute B. 255 N'ele n'a parent, tant li tiengne M. ataygne B. Ne she hath C. 257 qui B. soyt B. anemie: ‖ Car M. 258 Car certes el ne vorroit mie M vodroyt B. She nolde, I dare saine hardely C.

Que biens uenist neis a son pere.
260 Mes bien sachiez quele compere
Sa malice trop malement:
Quele est en si tres grant torment,
Si a tel duel quant genz bien font,
Qne par petit ele ne font.
265 Ses felons cuers si la detrenche,
Qui de li Deu et la gent uange.
Enuie ne fine nule eure
De metre aucun blasme as genz seure;
Je cuit que sele connoissoit
270 Le plus tres prodome qui soit
Ne deca mer, ne dela mer,
Si le uoudroit ele blasmer;
Et sil estoit si bien apris
Quel ne peust tretout son pris
275 Ne abatre ne despisier,
Si ou uoudroit el desprisier
Sa proece, ou au mains sonor
Par parole fere menor.
Lors ui quenuie en la painture
280 Auoit trop lede esgardeure;

Ele ne regardoit nient
Fors de trauers em bornoiant;
Ele auoit si mauues usage
Quele ne pouoit ou uisage
285 Nule rien regarder de plain,
Ainz clooit .i. uel par desdein,
Qui fondoit dardor et lardoit,
Quant ele aucun en regardoit
Qui eirt ou preuz, ou beaus, ou genz,
290 Ou loez ou amez de genz.

Tristece.

Delez Enuie asez pres ere
Tristece painte en la mesiere;
Mout paroit bien a sa color
Quele auoit au cuer grant dolor,
295 Et sembloit auoir la iaunice.
Si ni feist rien Auarice
Ne de palor ne de megrece:
Car li sousiz et la destrece,
Et la pensee et li ennuiz
300 Quel soffroit de iors et de nuiz,

259 bien B. som B. Her owne father fared wele C. *Après* venist M. *met une virgule.* 260 sechiez quelle B. Mès biens sachiés M. 261 lèdement M. Her malice, and her male talent C.
262 Quelle est an B. Car ele est en si grant M. For she is in so great turment C. 263 deul B.
Et a M. gens M. 264 quelle ne font B. Par un petit qu'ele M. 265 Son felon cuer B. l'art
et détrenche M. Her hert kerveth and so breaketh C. 266 Qui de lui dex B. Qui de li Diex et la
gent venche M. That God the people well awreaketh C. 267 hore M. 268 mestre B. auz B.
D'aucun blasme as gens metre sore M. 269 selle connoyssoyt B. cognoissoit M. 270 Tot le plus
prodome M. soyt B. 272 vorroit M. uoudroyt elle B. 273 iere M. 274 de tot M. That she ne
might all abate his prise C. 275 Rien abatre ne desprisier M. Ne abattre ne desprisier B. 276 Si
vorroit-ele apetisier M. voudroyt elle B. 277 Sa proece au mains et s'onor M. proesce B.
278 faire M. et *intercalé après* parole B. 276—278 Yet would she blame his worthinesse, || Or by her
wordes make it lesse C. 279 que enuie B. 280 Avoyt B. 281 regardast noient M. regar-
doyt B. looked C. 282 en borgnoiant M. bornoyent B. 283 auoyt B. un mauvès usage M.
uisage B. a foule usage C. 284 pooit M. pouuyt B. 285 Regarder riens de plain en plaing M.
looke in no visage || Of man ne woman, forth right plaine C. 286 Ains clooit un oel par desdaing M.
clooit B. 287 Qu'ele fondoit d'ire et ardoit M. Qui fondoyt dardor et ardoyt B. So for envie brenned
she C. 288 Quant aucuns qu'ele regardoit M. Quant elle aucun euregardoyt B. When she might
any man see C. 289 Estoit ou preus, ou biaus, ou gens M. bel ou geut B. That faire, or worthy
were, or wise C. 290 Ou amés, ou loés de gens M. ame de gent B. Or else stood in folkes prise C.
291 auques près M. iere M. 292 Tristresce B. maisière M. 293 Mès bien paroit M. paroyt B.
But well was seene C. 294 Quelle auoyt B. 295 sembloyt auoyr B. 296 riens M. 297 paleur M.
megresce B. 298 le B. soucis M. destresce B. 299 pesauco et les ennuis M. eunuyz B.
thought C. 300 soufroyt de iors B. nuis M.

Lauoit forment fete iaunir,
Et megre et pale deuenir.
Onques mes riens en tel martire
Ne fut ne not ausi grant ire
305 Come il sembloit que ele eust.
Je quit bien que nus ne seust
Fere rien qui li peust plere;
Nelo ne se uosist retrere
Ne reconforter a nul fuer.
310 Dou grant duel quele auoit au cuer.
Trop auoit son cuer corrocie,
Et son duel parfont commencie.
Mout sembloit bien estre dolente,
Quele nauoit pas este lente
315 Desgratiner tote sa chiere;
Si nauoit pas sa robe chiere,
An mainz leus lauoit desciree
Com cele qui mout eirt iree.
Ses cheuel tuit depecie furent,
320 Et sus son col espandu iurent,
Quel les auoit tretouz desrouz
De mautalent et de corrouz.
Si sachiez bien certeinement

Quele ploroit trop tendrement;
325 Nus, tant fust durs, ne la ueist,
A cui grant pitie nen preist.
El se desrumpoit et batoit,
Et ses poinz ensemble hurtoit.
Mout oirt a duel fere entontiue
330 La doloreuse, la chetiue;
Il ne li tenoit denuoisier,
Ne dacoler, ne de besier:
Cair cele qua le cuer dolent,
Je uos di bien quel na talent
335 De dancier ne de caroler.
Nus ne se porroit bien meuler
Qui duel aroit, de ioie fere,
Cair ioie et duels sunt .ii. contrere.

Viellece.

Apres fut Viellece portrete,
340 Qui estoit bien .i. pie retrete
De tele comme el soloit estre;
A paine se porroit el pestre,
Tant estoit uielle et redotee,
Quele estoit tote rasotee.

801 L'avoient moult M. Lauoyt B. 808 rien B. nus M. Was never wight C. 804 fu M. ausinc M. 805 Com M. sembloyt que elle B. 806 Je qui bien que nul ne seust B. Je cuit que nus ne li séust M. I trow that no wight might her please ‖ Nor doe that thing etc. C. 807 Faire riens qui lui péust plaire M. 808 Nelle B. N'el ne se vosist pas retraire M. 809 feur B. 810 deul B. auoyt B. Du duel qu'ele avoit à son cuer M. *Ce vers n'est pas traduit par C.* 811 auoyt B. corroucie B. correcié M. 812 deul B. 818 sembloyt B. qu'el fust dolente M. A sorrowful thing wel seemed she C. 814 nauoyt B. Qu'el n'avoit mie M. 815 toute B. 816 N'el M. nauoyt B. 317 lauoyt B. Ains l'ot en mains leus descirée M. 818 Con celle B. moult iert M. 819 Ses cheueux toz depeciez B. Si cheveul tuit destrécié M. And all to-torne lay eke her heere ‖ About her shoulders, here and there C. 320 Et espandu par son col jurent M. coul espenduz B. 321 Que les avoit trestous desrous M. auoyt B. derouz B. 822 maltalent M. corrous M. 828 Et M. veritelment M. And eke I tell you certainly C. 324 ploroyt B. profoudément M. full tenderly C. 825 Nul B. dur B. 826 qui B. pitye B. 827 Et se derumpoit B. Qu'el se desrompoit M. She all to-dasht her selfe C. 828 poins M. hurtoyt B. 829 iert M. deul B. 831 tenoyt B. 832 baisier M. 888 Cair celle qui le cur a dolent B. Car cil qui a le c. M. For who so sorrowfull is in heart C. 834 Sachiés de voir, il n'a talent M. Him luste not to play ne start C. 835 dancer B. karoler, ‖ Ne nus M. Nul B. porroyt B. bien *manque* M. moller M. Ne may his heart in temper bring C. 887 deul aroyt de ioye B. éust à joie faire M. 838 Car duel et joie sont contraire M. ioye et deul B. contraire B. For joy is contrarie unto sorrow C. *Titre:* Viellesce B. (*de même* 889) 889 fu BM. portraite M. 840 estoyt B. un pié retraite M. 841 com M. soloyt B. 842 peinne B. porroyt elle B. pooit M. might C. 848 estoyt B. radotée M. (*il y met un point*). 844 Quelle estoyt B. Bien estoit sa biauté gastée (*point et virgule*) M. 848—844 So feeble and eke so old was she ‖ That faded was all her beaute C.

345 Mout estoit lede deuenue,
Sa teste toute estoit chanue,
Et blanche com sel fust florie.
Ce ne fust mie grant morie,
Sole morist, ne granz pechiez,
350 Touz ses cors estoit ia sechiez
Et de uiellece anientiz.
Touz estoit ia ses uis flestiz,
Qui fut iadis soes et plains :
Or est trestouz de fronces plains.
355 Les oreilles auoit mousues,
Et trestotes les danz perdues,
Si quele nen auoit nesune,
Tant par estoit de grant uiellune.
Si nalast mie la montance
360 De .iiii. toises sanz potence.
Li tens qui son ua nuit et ior,
Sanz repos prendre et sanz seior,
Et qui de nous se part et emble
Si soutiment, que il nous semble
365 Quil sareste ades en .i. point,
Et il ne si areste point,

Ainz ne fine de trespasser,
Si qua paine puet len penser
Quex tcns ce est qui est presenz;
370 Ceu demandez as clers lisanz,
Quoincois que lcn leust pense,
Seroit-il ia .iii. anz passe ;
Li tens qui ne peut seiorner,
Ainz ua toz iors senz arester,
375 Com leue qui saunle toute,
Ne nen retorne ariere goute;
Li tens uers qui nient ne dure,
Ne fers, ne chose, tant soit dure,
Cair il gaste tout et meniue;
380 Li tens qui totes choses mue,
Et tout fait croistre et tout norrir,
Et tout uscr ot tout porrir;
Li tens qui onuielli noz pcrcs,
Et uiellist rois et emperieres,
385 Et qui touz nous enuiellira,
Ou morz nos desauencera;
Li tens qui tout a embaillie.
Des genz uiellir, la cnuiellie

345 Et moult ert lède devenue (il met un point) M. estoyt B. Full salow was waxen her colour (il met une virgule) C. 346 estoyt toute B. Toute sa teste estoit chenue M. 347 con B. 349 Selle B. morust M. grant B. grans péchiés M. 350 Tout son cors estoyt B. Car tous ses cors estoit séchiés M. All woxen was her body unwelde C. 351 viellesce B. De viellece et anciantis M. And drie and dwined all for elde C. 352 Tout estoyt ia son B. Moult estoit M. flétris M. 353 fu B. soef plains B. Qui jadis fut soef M. 354 Mès or est tous M. tretout B. 355 auoyt B. mossues M. 356 tretotes B. dens M. 357 auoyt B. neisune (il met un point) M. 354—357 Her heeres shokeu fast withall || As from her hedde they woulde fall: || Her face frounced aud forpined, || And both her hondes lorne fordwined. (Nous supposons eeres au v. 354 au lieu de heeres) C. 358 estoyt B. (Après viellune M. met une virgule.) So old she was that she ne went || A foot C. 359 Quel M. 360 De quatre toises sans potance M. tayses B. 361 vet B. 362 sans (deux fois) M. 364 celeement qu'il M. privyly C. 365 Qui B. s'arreste M. un M. 366 arreste M. 367 Aius M. 368 Que nus ne puet néis penser M. That there n'is man that thinke maye C. peut B. pensser B. 369 Quel B. presens MB. 370 Sel demandés M. this C. aus B. lisans M. 371 Ainçois M. For C. pensse B. 372 Seroient il B. tens M. menne thinke it readily || Three times been passed by C. 373 puet M. poust B. séjourner M. 374 Ains vait tous jors sans retorner M. iors B. retourne C. 375 Con B. l'iaue M. 376 N'il nen retorne arriere M. restor arriere B. But never droppe returne may C. 377 Le B. noient M. 378 fer MB. soyt B. 379 Car M. 380 tote chose M. toutes choses B. all C. 381 Qui M. norist M. And all doth waxe and fostred be C. 382 Et qui tout use et tout porrist M. And all thing destroyeth he C. 383 enviellist nos M. nous B. eldeth C. 384 roys B. 385 qui manque B. tous M. And that C. 386 mort MB. death C. nous désavancera M. 387 toute a la baillie M. hath all in welde C. 388 gens M. l'avoit viellie M. enuillie B. had made her elde C.

Si durement, quau mien cuider
390 El ne se peust mes aider,
Ainz reuenoit ia en enfance,
Que certes el nauoit poissance,
Ce cuit ie, ne force ne sen
Ne quel a .i. enfes de .i. an.
395 Ne porquaut, au mien escientre,
El auoit este sage et entre,
Quant ele eire en son droit aage;
Mes ie cuit quel neire mes sage,
Ainz estoit tote rasotee.
400 Si out dune chape forree
Vestu et abrie le cors
Mout bien, si com ie me recors;
Sen fu uestue chaudement,
Car ele eust froit autrement.
405 Ces uielles genz ont toust froidure;
Bien sauez que cest lor nature.

Papelardie.

Vne ymage eirt apres escrite,
Qui bien sembloit estre ypocrite,
Papelardie eirt apelee.

410 Cest cele qui en recelee
De nul mal fere ne se garde,
Quant nus ne sen puet penre garde.
Par deuant fet le marmiteus,
Et a le uis pale et piteus,
415 Trop semble simple creature;
Mes soz ciel na malauenture
Quele ne pense en son corage.
Mout resemble bien cele ymage
Qui ci fust fete a sa semblance.
420 Trop fust de simple contenance,
Et si fu chaucie et uestue
Ansi comme fame rendue.
En sa mein .i. sautier tenoit,
Et sachiez que mout se penoit
425 De fere a Deu prieres faintes,
Et dapeler et sainz et saintes.
Ne fu ne gaie ne ioliue,
Ainz fu par semblant ententiue
A toutes bones euures fere;
430 Si auoit uestue la here.
Et sachiez quele neirt pas grasse,
De iuner sembloit estre lasse,

---

389 cuidier M. 390 Elle B. pooit M. peut B. might C. aidier M. 391 Ains retornoit M. reuenoyt B. turned ayen C. enfence B. 392 Car M. elle B. nauoyt puissance B. 393 ge M. sens M. wit C. 394 Ne plus c'un enfés de deus ans M. More than a childe of two yere old C. enfant B. 395 escient M. 396 Elle auoyt B. et gent M. Was faire sometime, and fresh to se C. 397 elle B. iert M. droyt age B. 398 Mais ge M. neirt B. n'iere M. 399 Ains iert trestote M. to+te B. rassotee M. 400 ot M. 401—402 sont dans l'ordre inverse dans M. 402 manque dans C. Abrie et vestu son M. 403 Bien fu vestue et M. Si en B. Well had she clad her selfe and warme C. 404 elle B. el M. 405 Les M. These C. gens MB. tost M. 406 savés M. 407 Vn B. ot empres M. escripte B. 408 sembloit bien M. ypocriste B. 409 ert M. 410 celle B. 411—412 sont dans l'ordre inverse dans M. faire M. tarde M. 412 nul B. peut B. prendre M. penrre B. Ne spared never a wicked deed, ‖ When men of her taken none heed C. 413 El fait dehors M. And maketh her outward precious C. 414 Si M. simple et MB. pale C. 415 Et M. sainte M. simple C. 416 Mais sous M. male aventure M. misadventure C. 418 Moult la ressembloit bien l'ymage M. cel B. Ful like to her was thilke image C. 419 Qui faite fu M. si B. semblence B. (M met une virgule). That maked was like her semblaunce C. 420 Qu'el fu M. She was ful simple C. (Après 420 M.: point et virgule). 422 Tout ainsinc cum M. randue B. As she were C. 423 main un M. tenoyt B. 424 sachiés M. penoyt B. 425 faire à Dieu M. 426 manque B. d'appeler et sains M. 427 El ne fu M. 428 Ains M. enteraine B. ententife C. 429 Du tout à bonnes ovres faire M. full ententife ‖ To goode workes, and to faire C. 430 Et si avoit vestu la haire M. And C. 431 sachiés que n'iere M. 432 jeuner M.

La color auoit pale et morte.
A li et as siens ert la porte
435 Deueee de Paradis;
Car itex genz si font lor uis
Amegrir selonc leuangile,
Por auoir los parmi la uile,
Et por .i. poi de gloire uaine,
440 Qui lor toudra Deu et son raine.

Pourete.

Portrete fu au darenier
Pourete, qui .i. sen denier
Neust pas, sel se deust pendre,
Tant seust bien sa robe uendre,
445 Quele estoit nue comme uers:
Se li tens fust .i. poi diuers,
Je cuit quele acorast de froit,
El nauoit que .i. uiel sac estroit
Tout plain de mauues paleteaus;
450 Si eirt sa cote et ses manteaus.
El nauoit plus que afubler,
Grant lesir auoit de trembler.
Des autres fu .i. poi loignet,
Com poures chiens en .i. coignet

455 Se cropissoit et tapissoit,
Car poure chose, ou quele soit,
Est toz iors honteuse et despite.
Leure puisse estre ia maudite,
Que poures hons fu conceuz!
460 Il ne sera ia bien peuz,
Ne bien uestuz, ne bien chaucez,
Ne chiers tenuz, ne essaucez.
Les ymages (bien auiso,
Ainsi com ie lo deuise,)
465 Furent a or et a asur
De toutes pars paintes ou mur.
Hauz fu li murs et touz carrez,
Sen fu bien clos et bien barrez
En leu de haie li uergiers,
470 Qui ne fu pas fez por bergiers.
Ciz uergiers en trop beau leu sist.
Qui mener dedenz me uosist
Ou par eschiele ou par degre,
Je len seusse mout bon gre;
475 Car tel joie ne tel deduit
Ne uit mes hon si cum ie cuit,
Come il avoit en cel uergier:
Car li leus doiseaus herbergier

---

433 S'avoit la color M. **434–435** manquent dans B, qui a laissé deux lignes en blanc. **436** icel gent M. gens ·B. such folke C. **437** ce dit l'Évangile M. As Christ sayth in his Evangile C. **438** auoyr B. los M. **439** un M. poy B. vainue B. **440** toldra Dieu M. ruinne B. They lesen God and eke his raigne C. *Titre:* Pouurete B. **441** Pourete B. painted C. darrenier M. **442** un seul M. That not a peny had in hold C. **445** ierc M. **446** un B. poy B. **447** Ge M. acourast de froyt B. she shuld have died C. **448** Qu'el M. nauoyt B. c'un vié M. viez B She ne had on C. **449** mavès palestiaus M. paleteaux B. **450** Ce iert sa robe et ses mantiaus M. This was her cote C. **451** nauoyt B. **452** loisir M. auoyt de trambler B. **453** poy B. **454** Con poure chien B. chien honteus en un M. n'est pas traduit par C. **455** Se cropoit et s'atapissoit M. tapissoyt B. **456** quelle soyt B. **457** adès boutée M. shamefast C. **458** L'eure soit ore la M. la maudite B. Accursed may well be that daie C. **459** pouure home B. homs fu concéus M. **460** Qu'il M. For C. péus M. **461** vestus M. chauciés M. **462** Néis amés ne essauciès M. chier B. Or well beloved C. **463** Ces M. these C. M. omet les crochets. auisuy B. **464** Qui, si comme j'ai devisé M. les deuisay B. As I have you er this devised C. **467** Haut MB. le! B. mur MB. tous quarrés M. bien B. square C. **468** Et fu B. Si en M. barrés (bien manque) M. Enclosed, and ybarred wele C. **469** haies uns M. hedge C. that gardin C. **470** fet B. Où onc n'avoit entré bergiers M. Come never shepherde therein C. **471** Cis M. bel M. biau B. **472** Qui dedens mener me vousist M. **473** eschielle M. **475** tele B. deduyt B. **476** nus hons M. ge M. never man C. **477** Com M. ce MB. **478** les B. d'oisiaus M. doiseaux B. herberger B. The gardin was not daungerous C.

Nestoit ne dangerens ne chiches.
480 Onc mes nus leus ne fu si riches
Darbres ne doisillons chantanz;
Il i out doisillons .c. tanz
Quen tout le reaume de France.
Mout estoit bele lacordance,
485 De lor merueleus chanz oir
Li monz se deust esioir.
Je meismes men esioi
Si durement, quant ies oi,
Que nem preisse pas .c. liures,
490 Se li passages fust deliures,
Que ie ncntrasse enz et ucisse
Lasemblee (que Dex garisse!)
Des oiseaus qui leenz estoient,
Qui renuoisiement chantoient
495 Les dances damors et les notes
Plesanz et cointes et mignotes.
Quant ioi les oiseaus chanter,
Forment me pris a dementer
Par quel art ne par quel engin
500 Je porroie entrer ou iardin;
Mes ie ne pouoie trouer
Leu par ou gi peusse entrer.

Et sachiez que ie ne sauoie
Sil i auoit pertuis ne uoie,
505 Ne leu par ou len i entrast;
Ne nus hons qui le me monstrast
Nert illec, que iestoie seus;
Destroiz fu et mout angoisseus;
Tant quau darrenier me souint
510 Conques a nul ior ce nauint
Quen si beau uergier neust huis,
Ou eschiele ou aucun pertuis.
Lors men alai grant aleure
Acaignant la compasseure
515 Et la cloison dou mur carre,
Tant cun uisselet bien barre
Trouai, petitet et estroit;
Par autre leu nus ni entroit.
A luis commencai a ferir,
520 Autre entree ni soi querir.
Assez i feri et boutai,
Et par maintes foiz escoutai
Se iorroie uenir nule arme.
Le guichet qui estoit de charme,
525 Adonc mouri une pucele,
Qui mout estoit cortoise et bele.

479·Ne sont B. dongereus B. 480 nul leu B. Onc mès ne fu nus leus M. So rich a yere was never none C. 481 doiiesillons B. chantans M. 482 Qu'il i avoit d'oisiaus trois tans M. Il li B. Therein were birdes mo l' wenc C. 483 remanant M. realme C. 484 belle B. (Après l'acordance M. omet la virgule, il met deux points après oir, de même C.) 485 piteus chans à oir M. oyr B. the accordaunce || Of swete pitous song they made C. 486 mont sen B. esioyr B. Tous li mons s'en dust cajoir M. For all this worlde it ought glade C. 487 Ge endroit moi M. And I my selfe C. esioy B. 488 quant les oi M. ie loy B. Whan I her blisfull songes herde C. 489 n'en M. lv' B. 490 le passage B. 491 ie manque B. ge M. ens MB. 492 L'assemblee que Diex M. deux B. 493 oisiaus M. oisiaus B. lenz B. léens M. 494 envoisiement M. 496 Plesans, cortoises M. C. n'a pas traduit ce vers. 497 oisiaus M. oiseaux B. 501 ge M. poi onques trouver M. 502 ie gi B. 503 sachiés M. ge M. 504 ne haie B. either hole or place C. 506 hons nés M. hon B. Ne there was none C. 507 N'iert M. Nestoit la B. g'iere tot M. ie estoie B. for I was all alone C. Après seus M. n'a aucun signe de ponctuation. 508 Dostroiz B. Moult destroit et moult M. For woe and anguishe of this C. 509 souuint B. 511 biau BM. uis M. 512 deux fois dans B, mais la première fois il y a partuis, la seconde fois pertuis. eschelle B. quelque B. 514 Asainnant B. Environ, even in compass C. 515 du mur quarré M. 516 que un guichet M. vissele B. wicket C. 517 estroyt B. 518 l'en n'i M. entroyt B. And other entre was there none C. 520 soy B. Avant 521 M. a comme titre: Comment dame Oyseuse feist tant || Qu'elle ouvrit la porte à l'Amant. 521 Assés M. boutay B. 522 parmaintes B. fois M. escoutay B. And stode full long all herkening C. 523 iorraie B. nulle M. 524 estoyt B. 525 M'ovrit une noble M. pucelle B. Till that a maiden curteis opened me C. 526 et gente et bele M. belle B.

Cheueus out blons com .i. bacins,
La char plus tendre que .i. poucins,
Front reluisant, menton uoutiz.
530 Li entruils ne fu pas petiz,
Ainz eirt assez granz par mesure.
Le nes out bien fet par droiture,
Et les ex uers com .i. faucons,
Por fere enuie a ces bricons.
535 Douce alaine out et sauoree,
Et face blanche et coloree,
Et bouche petite et grossete,
Sot ou menton une fossete.
Li cols fu de bone moison,
540 Gros assez et lons par reson,
Ni out ne bube ne malen;
Nauoit iusqua Jerusalem
Feme qui plus beau col portast,
Poliz eirt et soes au tast.
545 La gorge auoit autresi blanche
· Come est la neis desus la branche,
Quant il a freschement nege.
Le cors out bien fet et douge,
Il nesteut point en nule terre
550 Nul plus beau cors de fame querre.

Dorfrois out .i. chapeau mignot;
Onques nule pucele not
Plus cointe ne plus desguise,
554 Ne laroie droit deuise.
.I. chapel de roses tout freis
Out desus son chapeau dorfreis;
En sa main tint .i. miroer
560 Si out dun riche trecoer
Son chief trecie mout cointement;
Bien et bel et estroitement
El out cousues ses .ii. manches;
Et por garder que ses mains blanches
565 Ne haslassent, ot uns blans ganz.
Cote ot de .i. riche uert de Ganz,
Cousue au lignolet entour.
Il paroit bien a son atour
Quele estoit poi embesoignie.
570 Quant ele sestoit bien pignie,
Bien paree et bien atornee,
Ele auoit fete sa iornee.
Mout auoit bon tens et bon mai,
Quel nauoit soussi ne esmai
575 De nule rien, fors solement
De soi atorner noblemeut.

527 ot M. comme B. uns M. bacin B. 528 qu'uns pocins M. poucin B. 529 sorcis
votis M. bente browes C. 530 Son entr'oil M. entreuil B. the opening of her eyen C. petis M.
531 Ainz iert M. grant B. grans M. 532 ot M. fait à M. Après droiture point et virgule M.
533 Les yex ot plus vairs c'uns M. eux B. comme faucons B. Her eyen graie', as is a faucon C.
534 n'est pas traduit par C. faire M. 535 alene M. ot M. 536 La M. collorce B. Her
face C. 537 La M. With little mouth C. grocete M. grossette B. 538 Si ot B. fossette B.
539 Le coul B. Le col M. bonne M. lonc B. raison M. 541 Si n'i ot bube M.
Without bleine C. 542 Nauoyt B. jusqu'en Jhérusalen M. 543 Fame M. bian M. coul B.
544 Poli B. Polis iert M. souef B. soef M. 545 auoyt B. La gorgete ot M. 546 Com M.
eirt B. neif B. .noif dessus M. 547 ege B. négié M. 548 ot M. fait M. dougié M. 549 L'en
ne sóust en M. Men nedon not in no countre C. 550 bel M. 551 ot un chapel M. chapelet C.
552 pucelle B. 553 desguisiú M. 554 manque C. droyt B. à droit deuisió M. Ensuite il y a
dans M.: En trestous les jors de ma vie. Robe avoit moult bien entaillie. Les deux vers manquent BC.
557 Un M. froys B. frais M. garlonde C. 558 Ot dessus le chapel d'orfrais M. dorfruys B.
chapelet C. 559 un M. mirouer B. 560 ot M. trecoeur B. 561 moult richement M. queintly C.
562 astroitement B. Her sleeves sewed fetously C. 563 Et B. Ot andeus cousues M. 564 pour B.
565 halaissent M. gans M. 566 d'un M. Gans M. 567 à lignel tout M. Ce vers n'est pas traduit
par C. 569 Quelle B. iere M. estoyt B. poy B. enbesoignee B. 570 elle B. sestoyt B. s'iere M.
571 Et bien (le second bien manque) M. And well araied and richly C. 572 Elle B faite M.
573 may BM. 574 Quelle B. esmay BM. 575 riens M. seulemeut B. 576 li estoruer B. to
graithe her C.

Quant einsi mot luis desferme
La pucele au cors acesme,
Je len mercie doucement,
580 Et si li demandai comment
Ele auoit non, et qui ele eire.
Ele ne fu pas uers moi fiere
De respondre ne desdeigneuse.

Ci parle Oiseuse a lamant.

»Je me fais«, ce dist ele, »Oiseuse
585 Apeler a mes connoissanz;
Riche fame sui et poissanz.
Sai dune chose mout bon tens,
Qua nule chose ie nentens
Qua moi ioer et solacier,
590 Pignier, cointoier et trecier.
Priuee sui mout et acointe
De Deduit le mignot, le cointe:
595 Cest cil cui est cist beaus iardins,
Qui de la terre Alexandrins
Fist ci ces arbres aporter,
Quil fist par cest uergier planter.
Quant li arbre furent creu,

600 Le mur que uos auez ueu,
Fist lors Deduiz tout entor fere,
Et si fist au dehors portrere
Ces ymages qui i sunt paintes,
Qui ne sunt mignotes ne cointes;
605 Ainz sunt dolerouses et tristes.
Si com uos orendroit ueistes.
Maintes foiz por esbanoier
Sen uient Deduiz en cest uergier,
Ouec lui ses genz qui le siuent,
610 Qui en ioie et en deduit uiuent.
Oncores est leenz sanz doute
Deduiz qui orendroit escoute
A chanter ces rossignolez,
Mauuiz et autres oiselez,
615 Et si se ieue et se solace
O ses genz, que plus bele place
Ne plus beau leu por soi iouer
Ne porroit il mie trouer;
Les plus beles genz, ce sachiez,
620 Que iames en nul leu truissiez,
Ce sunt li compaignon Deduit
Quil maine ouec lui et conduit.«

---

577 cinssi B. ainsinc M. desfreme M.   578 pucelle B.   579 merciai M. doulcement M.
580 demanday B.   581 Elle B. elle eire B. iere M.   582 Elle B. El M. envers M. moy B.
Après fiere M. *met une virgule.*   583 Ne de M. ne *manque* M. desdaigneuse M. Ne of her answere
daungerous C. *Le titre manque* MC.   584-586 *deux fois dans* B. *Depuis* connoisanz (*sic*) v. 585 [*la seconde
fois*] *jusqu'à* 596 *il y a une autre main dans* B.   484 fois [*la première fois*] B. elle B. apeler
Oiseuse M. My name is Idlenesse C.   585 Dist-ele, à tous mes congnoissans M. So clepe men me
more and lesse C.   586 puissanz [*la seconde fois*] B. Si sui riche fame et poissans M. Full mightie C.
587 Say B.   588 Car à nule riens ie ne pens M. entende C.   589 moy iouer B.   590 Pignier
cointir et acointe B. Et mon chief pignier et trecier M. And for to kembe and tresse me C. *Après*
590 *il y a dans* M.: Quant sui pigniée et atoruée, Adonc est fete ma jornée. *Manque* CD.   595 qui B.
est cst beau B. cil biax M.   596 as Sarradins M. of Alexandrine C.   597 çà M. hither C.
abres B.   598 en B. in C. ce M.   599 les arbres M. arbres B.   600 Li B. vous avés M.
601 deduit BM. faire M.   602 portraire M.   603 Les M. these C. sont B. (*de même* 604. 605).
605 Ains BM. tristres B.   606 con B. vous M. orendroyt B.   607 fois M.   608 Se vient en
cest leu umbroier (*point et virgule*) M. Sir Mirthe commeth into this place C.   609 gens B. Dédüit
et les gens M. And eke with him commeth his meinie C.   610 solas vivent M. in lust and jolitie C.
611 Encores M. léens sans M. And uow is Mirthe therein, to here C.   612 Deduit BM. orendroyt B.
orendroit qui M.   613 gais rossignolés M. roussignolez B. The mavis and the nightingale, || And
other jolly birdes smale C.   614 Mauvis M. oiselés M.   615 Il s'esbat iluec et solace M. And
thus he walketh to solace him C.   616 gens car M. qué B.   617 biau M. soy B. joer M.
619 belles B. gens M. sachiés M.   620 Que vous jamés nul M. That in this worlde may found
bee C.   621 Si M. sont B. compoignon B.   622 mainne B. avec li M.

Ci parle lamanz a Oiseuse.

Quant Oiseuse mout ce conte,
Et ioi mout bien tot escoute,
625 Je li dis lors: »Dame Oiseuse,
Or ne me soiez desdeigneuse,
Puisque Deduiz li beaus, li genz,
Est orendroit ouec ses genz
En cest uergier, cele asemblee
630 Ne meirt pas, se Deu plest, emblce,
Que ne la uoie oncor ennuit;
Vooir la mestuet, car ie cuit
Que bele est cele compaignie,
Et cortoise et bien enseignie."
635 Lors men entrai, ne dis plus mot,
Par luiset quoiseuse ouert mot,
Ou uergier; et quant ie fui enz,
Lors fui mout liez et mout ioianz.
Et sachiez que ie cuidoie estre
640 Por uoir en paradis terrestre,
Tant estoit li leus delitables,
Quil sembloit estre esperitables:

Car si cum lores meirt auis,
Ne feist en nul paradis
645 Si bel estre, com il fesoit
Ou leu qui tant mabelissoit.
Oiseaus chantauz i ot asez
Parmi le uergier amassez;
En .i. leu auoit rosigneaus
650 Et mauuiz, qui parmi ces gaus
Et par ces leus ou il habitent,
En lor beau chanter se delitent.
Si i auoit mout granz escoles
De pincons et de torteroles;
655 Calendres i ot amassoes
En .i. autre leu, qui lassees
De chanter furent a enuiz;
Melles i auoit et mauuiz,
Qui baoient a sormonter
660 Les autres oiseax de chanter.
665 Mout par fesoient beau seruise
Cil oisel que ie uos deuise;
Il chantoient .i. chant itel
Cum fussent ange esperitel.

Titre manque MC. lamant B. 623 m'ot M. 624 tout M. 625 lores M. 626 saicz des-digneuse B. Ja de ce ne soiés doutcuse M. Now also wisely God me blesse C. 627 Deduit MB. biaus M. gens M. 628 avec ses gens M. 629 celle B. ceste assemblec M. 630 m'iert M. Dex B. se je puis M. if I may C. amblee B. 631 encore M. enuit B. 632 Voioir B. Véoir M. mesteut B. ge M. 633 belle B. celle B. 635 Lor B. entray B. puis M. without wordes mo C. 636 l'uis M. que Oiseuse M. wicket C. 637 ens M. 638 fu B. Je fui liés et baus et joiens M. Mine herte was full glad of this C. 639 sachiés M. cuidai M. 641 estoyt B. 642 Qui B. that trusteth well, it seemed C. 643 cum] ‚ B. il m'iert lors avis M. 645 bon M. good C. comme B. faisoit M. 646 vergier M. me plaisoit M. As in that garden thoughte me C. 647 D'oisiaus chantans avoit assés M. Oiseaux B. For there was C. 648 par tout M. amassés M. Throughout the yerde C. 649 un M. rosigneaux B. rossigniaus M. 650 En l'autre gais et estorniaus M. Alpes, finches and wodwales C. gauz B. 651 habiteint B. habiten C. bois M. places C. 651 biau M. deliteint B. delighten C. *Les vers* 651 *et* 652 *sont à la place de* 663 *et* 664 *dans* M; *à la place de* 651—654 M. *porte:* Si r'avoit aillors grans escoles || De roictiaus et torterolcs, || De chardonnereaus, d'arondelcs, || D'aloes et de larderolcs. *De* 651 *à* 665 C. *s'accorde avec* B. *pour le nombre et l'arrangement des vers.* 653 There mighte men see many flockes C. 654 Of turtles and lavorockes C. 655 Ka-lendres B. amassees B. 656 un M. lassecs B. 657 fussent B. envis M. That very nigh for-songen were C. 658 mauvis M. And thrustles, terins and mavisc C. 659 surmonter B. 660 Ces M That C. oisiaus M. par M. in hir song C. 661 *et* 662 *s'énoncent ainsi dans* M.: ll r'avoit aillors papegaus, || Et mains oisiaus qui par ces gaus. *Pour* 663 *et* 664 *il y a* 651 *et* 652 *dans* M. 665 Trop parfesoient bel M. fessoient B. By note made faire servise C. 666 Li oiscax B. these C. vous M. 667 un M. 668 Con B. s'il fussent M. ange *manque* M. As angels doon cspiritucll C.

Et sachiez bien, quant ie loi,
670 Tres durement men esioi;
Quonc mes si bele melodie
Ne fu do hom mortel oie.
Tant estoit cil chanz doz et beaus,
Quil ne sembloit pas chant doiseaus.
675 Ainces le pouist on esmer
A chant de seraines de mer,
Qui por les uoiz, queles ont saines
Et series, ont non seraines.
A chanter furent ententif
680 Li oisillon, qui esprentif
Ne furent pas ne no sachant;
Et sachiez quant ioi le chant,
Et ie ui le leu uerdoier,
Forment me pris a esgaier:
685 Je nauoie este onquor onques
Si iolis cum ie fui adonques;
Donques soi ie mout bien et ui
690 Que Oiseuse mout bien serui,
Qui mauoit en tel deduit mis:
Bien deuroie estre ses amis,

Quant ele mauoit desferme
Le guichet dou uergier rame.
695 Desoremes, si cum saure,
Vos conterai comment ioure.
Primes de quoi Deduit serui,
Et quel compaignie ie ui,
Sanz longue fable uos uuil dire,
700 Et dou uergier trestout a tire
La facon uos dirai ie puis.
Tout ensemble dire ne puis;
Mes tout uos contere par ordre,
Que uos ne saroz que remordre.
705 Haut seruise douz et plesant
Aloient cil oisel fesant;
Lais damors et sonnez cortois
Chantoient en lor seruientois,
Li un en haut, li autre em bas;
710 De lor chant (nestoit mie gas)
La doucor et la melodie
Me mist ou cuer grant resbaudie;
Et quant ioi escoute .i. poi
Les oiseaus, tenir ne me poi

669 De voir sachiés M. And trusteth me C. les oi M. ie loy B. I hem herde C. 670 esioy B. 671 Que M. One B. For never yet C. belle B. douce M. n'est pas traduit par C. 672 don est effacé et puis il y a do hõme B. d'omme M. of man C. 673 ci B. chans M. dous et hiaus M. 674 chans d'oisiaus M. 675 Ains le péust-l'en aesmer M. 676 serine B. meremaidens C. 677 par lor vois M. for hir singen C. quelles B. salnnes B. 678 serainnes B. Puis il y a dans C.: Though we meremaidens clepe hem here ‖ In English, as is our usaunce, ‖ Men clepe hem sereins in Fraunce. 679 ententis M. 680 aprentis M. à prentise C 681 non M. 682 sachiés M. lor M. hir C. 683 verdaier M. 684 Je me pris moult M. In heart I wext so wonder gay C. 685 Que n'avoie encor este M. That C. 686 iolif M. , ie fu B. Après 686 M. porte: Por la grant delitableté ‖ Fui plains de grant jolieté. Les deus vers manquent aussi dans C. 687 Et lores M. mout manque M. And than wist I and saw full well C. 690 m'ot M. 691 ce B. such C. 692 deuraye B. déusse M ought I C. 693 elle B. 694 du M. 695 Dès ore M. mes manque M. je ajouté M. From henceforth C. sauray B. 696 Vous M. conteray B. iouray B. si effacé devant comment B. 697 P⁴mes B. servoit M. whereof Mirthe served there C. 698 il avoit M. there with him were C. 699 Sans M. vous veil M. 700 du M. stire B. blive C. 701 diray B. vous redirai M. ie manque MB. I woll you tellen C. 703 vous M. conteray B. ordere B. 704 manqus C. l'en ni sache M. 705 Grant servise et dous et plaisant M. Full faire s. and eke full swete C. 706 ses oiscaus B. these birdes C. faisant M. 707 Lais B. sonnés M. cortays B. 708 Chantoit chascun en son patois M. lor chant corta seruientoys B. They songen in hir jargoning C. 709 vns BM. some C. et lautre B. some C. en M. 710 ce B. Après gas M. met un point et omet les crochets. Upon the braunches greene yspronge C. 712 reverdie M. revelrie C. 713 Mes M. And C. un M. poy B. 714 oisiaus M. poy B.

715 Que dan Deduit uooir nalasse,
Que a uooir mout desirasse
Et sa contenance et son estre.
Lors men alai tout droit a destre,
Par une petitete sente
720 Plaine de fanoil et de mente;
Mes auques pres troue Deduit,
Et maintenant en .i. reduit
Men entre ou Deduiz estoit.
Illeques Deduiz sosbatoit;
725 Si beles genz auoit o soi,
Quant ie le ui, que ie ne soi
Donc si tres beles genz pouoient
Estre uenu: car il sembloient
Tout por uoir anges empennez
730 Si beles genz ne uit hons nez.

Leesce.

Ceste genz donc ie uos parole
Se fu bien prise a la carole,
Et une dame lor chantoit,
Qi Leesce apelee estoit.
735 Bien sout chanter et plesanment,

Que nule plus auenanment
Ne plus bel son refret nasist.
A chanter meruelle li sist;
Ele auoit la uoiz clere et saine.
740 Et si nestoit mie uilaine;
Ainz se sauoit bien debrisier,
Ferir dou pie et renuoisier.
Ele estoit ades coustumiere
De chanter en toz lous premiere:
745 Que chanter si est .i. mestiers
Quele fesoit mout uolentiers.
Lors ueissiez carole aler,
Et genz mignotement baler,
Et fere mainte bele trasche,
750 Et mainz beaus tors sus lerbe frasche.
Asez i ot floutoors,
Menesterez et iugleors;
Li .i. chantoieut rotruenges,
Li autre notes loherenges,
755 Por ce que len fet en Lorreine
Plus beles notes quen nul raine.
Asez i ot tableterresses
Illec entor, et timberresses

---

715 dant M. voir B. véoir M. **716** Car à savoir moult M. for my desiring ‖ Was him to seene C. uoioir B. **717** Son contenement M. His contenaunce C. **718** alay B. **719** petite B. **720** Plainne B. fenoil M. fennell C. **721** trouai B. **722** Car M. and C. un M. **723** entray B. deduit BM. estoyt B. **724** Deduit B. Déduit iluoques M. sosbatoyt B. **725** belles B. S'avoit si bele gent M. So faire folke and so fresh had he C. **726** Que *placé à la tête du vers manque au milieu* M. That when I saw, I wondred me C. soy B. **727** Dont M. belles B. gens pooient M. **729** empennés M. **730** belles B. gens M. homs M. nés M. *Titre:* Ci parle l'Amant de Liesce: ‖ C'est une dame qui la tresce ‖ Maine voléntiers et rigole, ‖ Et ceste menoit la karole M. **731** gent MB. dont B. vous M. **732** S'estoient pris M. wenten C. **734** Qui M. estoyt B. **735** sot M. plésamment M. **736** Ne M. avenaument M. None halfe so well and seemely (*deux points après*) C. **737** ses refrains ne fist M. couthe make in song such refraining C. **738** merveilles M. **739** Qu'ele M. Elle B. Her voice C. vois M. **740** nestoyt B. **741. 742** Ainz M. desbrisier M. But couthe ynough for such doing, ‖ As longeth unto karolling C. douple B. du pié M. **743** Elle B. **744** tous M. **745** Car chanter estoit li mestiers M. For singing most she gave her to C. **746** Quelle B. faisoit plus M. No craft had she so lefe to do C. **747** véissiés M. **748** gens M. **749** faire M. belle B. tresche M. **750** Et maint biau tor sor lerbe fresche M. many a faire tournyng C. **751** Là véissiés M. Asez i auoit fiuteors B. There mightest thou see C. **752** Menesteres B. jougléors M. **753** Si chantent li uns M. That well to singe did hir paine C. **754** autres M. Some song C. et loenges B. of Loraine C. **755** lor reinne B. qu'en set en Loheregne M. For in Loraine hir notes be C. **756** cointes M. belles B. sweeter C. rainne B. **757** Assez M. sailours C. **758** Ilec M. tymberresses M. timbestere C.

Qui mout sauoient bien iuer,
760 Et ne finoient de ruer
Le timbre en haut, et recuilloient
Sus .i. doi, que point ni failloient.
.ii. damoiseles mout mignotes,
Qui estoient em pures cotos,
765 Et trecees a uno tresce
Fesoit Deduiz par grant noblesce
Dedenz la carole baler;
Mes de ceu ne fet a parler
Comme il baloient cointement.
770 Lune ueuoit tout belement
Contre lautre; quaut il estoient
Pres a pres, si sentregetoient
Les bouches, quil uos fust auis
Que sentrebesassent toz dis.
775 Bien se sauoient debrisier.
Ne uos en sai que deuisier;
Mes nul ior mes ne men queisse
Remuer, tant com ie ueisse
Ceste gent issi esforcier
780 De caroler et de dancier.
La carole tout en estant
Regardai illec iusqua tant
Qune dame bien enseignie

Me tresuit: ce fu Cortoisie
785 La uaillant et la debonaire,
Que Dex desfende de contraire.

Ci parle Cortoisie a lamaut.

Cortoisie lors mapela:
Beaus amis, que festes uos la?
Fait Cortoisie, ca uenez,
790 A la carole uos prenez
Oueques nos, se il uos pleat.

Lamanz.

Sanz demorance et sanz arest
A la carole me sui pris,
Si ne fui pas trop entrepris,
795 Mes sachiez que mout magrea
Quant Cortoisie mapela,
Et me dist que ie carolasse;.
Car de caroler, se iossasse,
Estoie enuieus et soupris.
800 A regarder lores me pris
Les cors, les facons et les chieres,
Les semblances et les manieres
De ceus qui illec caroloient:
Si uos dirai qui il estoient.

759 joer M. iouer B. 761 tymbrc M. si r. M. 762 doy B. Sor un doi, c'onques M. That they failed never mo C. 763 Deus M. damoiselle⁰ B. 764 en M. In kirtles, and none other wede C. 765 trescies M. faire tressed every tresse C. 766 Fesoient deduit B. Faisoient deduit M. grant *manque* M. Had Mirthe doen for his noblesse C. 767 Enmi la karole M. Amid the carole for to daunce C. 768 ce M. fait M. But hereof lieth no romembraunce C. 769 el M. cointement B. 770 prively C. 771 l'autre; et quant el M. that other, and when they C. 772 sentregetoint getoient B. 773 vous M. 774 Qui B. as they C. s'entrebaisassent ou vis M. alway C. 775 desbrisier M. 776 vous M. say B. deuiser B. 777 Mes à nul jor ne mo M. Ne bode I never thence go C. 778 que ge M. ₂ B. 779 ainsinc. Pour 778—780: Whiles that I saw hem daunce so C. *Après* 780 *comme titre:* Ci endroit devise l'Amant ‖ De la karole le semblant, ‖ Et comment il vit Cortoisie ‖ Qui l'apela par druerie, ‖ Et li monstra la contenance ‖ De cele gent et de lor dance M. 781 Les caroles B. the caroll C. 782 Regardoy B. I gan beholde C. iluec M. iusquatant B. 783 C'une M. 785 debonnaire BM. 786 Diex M. desfande B. *Titre manque* MC. courtoisie B. (*en rouge*) cortoisie B. (*en noir*). 787 Full courtesly C. 788 Diaus M. faites-vous M. 690 Et avecquea nous vous prenez M. and if it like you ‖ To dauncen, daunceth with us now C. 791 Ouec B. A la karole, s'il vous M. *Titre manque* MC. Lamant B. 792 Sans d. BM. sans arrest M. 793 karole M. suis M. 794 n'en M. fu B. I was abashed never a dele C. 795 Et sachiès qua M. But C. 796 m'en pris M. me cleped C. 797 karolasse M. 798 karoler M. j'osasse M. 799 sorpris M. As man that was to daunce right blithe C. 802 semblences B. 803 Des gens qui ilec karoloient M. Of all the folke C. 804 vous M. quex M. what C.

4

Deduiz et sa carole.

805 Deduiz fu beaus et lons et droiz,
James en terre ne uendroiz
Ou uos truissez .i. autel homme:
La face auoit comme une pomme,
Blanche et uermeille tout entor;
810 Cointes fu et de bel ator.

Les ex ot uers, la bouche gente,
Et le nes fet par grant entente;
Cheueus ot blons, recercelez,
Par espaules fu auques lez,
815 Et grailles parmi la ceinture:
Il resembloit une peinture,
Tant estoit beaus et acesmez,
Et de toz membres bien formez.

Remuanz fu et preuz et uistes,
820 Onques plus legier ne ueistes;
Et nauoit barbe, ne grenon,
Se petit poil folaige non,
Einz estoit iones damoiseaus.
Dun samit portret a oiseaus,
825 Qui toz estoit a or batuz,
Fut ses cors richement uestuz,
Mout fu la robe desguisee,
Si fu en mainz leus encisee
Et depecie par cointise;
830 Chauciez refu par grant mestrise
Duns soliers decopez a laz;
Par druerie et par solaz
Li ot samie fet chapel
De roses qui mout li sist bel.

Titre manque MC. Deduit B. **805** Deduit M. beaux B. biaus M. droiez B. drois M **806** uen-
droies B. venrois M. manque C. **807** Où vous truissiés nul plus bel homme M. A fairer man
I never sigh C. **808** com M. **809** Vermoille et blanche tout entour M. Full roddie and white C.
¹**810** Cointe B. Fetis he was C. atour M. astor B. **811** eux B. yex M. vairs M. gray C. **812** nez
ait M. **813** Cheueux B. lons B. bright C. recercelés M. **814** lés M. **815** graille B. gresles M.
smallish C. **816** ressembloit M. painture M. **817** ere M. biaus M. bel B. acesmés M.
818 tous M. formés M. **819** Remuant B. Remuans M. preus M. **820** Plus légier homme M.
Ne saw thou never man so light C. **821** Si M. en grenon B. Of berd unneth had he nothing C.
822 petis peus folages M. For it was in the firste spring C. **823** Car il ert jones damoisiaus M.
Full yong he was C. **824** Dun beau ceint portetret B. oysians M. And in samette C. **825** tot B.
Qui ere tout a or batus M. **826** Fut ceint et B. Fu M. vestus M. His bodie was clad full
richely C. **827** Moult iert sa M. his robe C. **828** Et fu moult riche et M. in many a place C.
829 depeciee B. décopée M. all to slittered C. **830** Chaucie B. Chauciés M. **831** solers M.
décopés à las M. **832** solas M.

R. Püschel,

Les limites tracées à notre travail ne nous permettent pas de continuer. Nous avons l'intention
de publier ailleurs le reste de la première partie du roman.

Lehrverfassung.

A. Gymnasium.

Ober-Prima. Ordinarius: der Director.

Religion. 2 St. Sommer: Einleitung in die Symbolik der christlichen Kirche und Erklärung der Augsburger Confession. Winter: Erklärung des Römerbriefes. Repetitionen. Gumlich.

Deutsch. 3 St. Uebersicht der deutschen Litteraturgeschichte des 18. Jahrhunderts; Klassenlectüre: Lessing's Laocoon und Nathan, Göthe's Tasso. W.: 1 St. Die Hauptlehren der formalen Logik. Halbjährlich vier Aufsätze. Küster.

Lateinisch. 8 St. S.: Cic. pro Sest. Privatim: Cic. Ausgewählte Briefe von Hofmann lib. I. W.: Tac. hist. I. Cic. pro Sulla. Privat. Cic. de prov. cons. 4 St. Freie Aufsätze. Extemporalien. Uebungen im Lateinsprechen. 2 St. Kempf. — Horas. 8.: carm. lib. III. W.: lib. I. sat. I, 6. 9. II, 6. Leben des Horaz nach seiner eigenen Ueberlieferung. 2 St. Amen.

Griechisch. 6 St. S.: Sophocles, Antigone, Thucyd. l. I. mit Weglassung der Reden. Hom. Il. VII—X. I. u. II. W.: Soph. Oedip. R. Demosth. d. corona. Hom. Il. XI, II, III—VI. 1 St. Extempo- ralien (14 tägig) und Repetition der Syntax. Küster.

Französisch. 2 St. Repetition der Grammatik. Lectüre nach la France littéraire von Herrig. Exercitien und Extemporalien. Püschel.

Geschichte. 3 St. (2 St. mit Unterprima vereinigt, eine Repetitionsstunde getrennt.) Geschichte der Neuzeit. Geschichtliche und geographische Repetitionen. Goldschmidt.

Mathematik. 4 St. S.: Einleitung in die analytische Geometrie. 2 St. Repetition und Uebungen. 2 St. W.: Sphärische Trigonometrie und Elemente der Astronomie. 2 St. Uebungen und Repetition. 2 St. Monatlich eine grössere Arbeit. Fischer.

Physik. 2 St. S.: Optik. W.: Schluss der Optik. Wärme. Akustik. Fischer.

Hebräisch. 2 St. S.: Wiederholung der Formenlehre. Gelesen wurde I. Sam. 10—12. Ps. 3 u. 4 und Jes. 6. W.: Substantive und Zahlwörter. Gelesen: 1. Sam. 13—15. Ps. 2 und 8. Repetirt Genes. 1—3. Gumlich.

Englisch (mit Unter-Prima vereinigt). Marryat, The Three Cutters. Scott, The Tapestried Chamber. Uebersetzung der Uebungsstücke von Herrig. Püschel.

Unter-Prima. Ordinarius: Oberl. Dr. Küster.

Religion. 2 St. S.: Kirchengeschichte bis zur Reformation. W.: Repetition. Erklärung des Evangeliums Johannis. Gumlich.

Deutsch. 3 St. Althochdeutsche Dichtung. Litteraturgeschichte vom 14. Jahrhundert bis Klopstock. 2 St. Im S. Lectüre Walthers von der Vogelweide, im W. Analyse des Nibelungenliedes. 1 St. Mo- natliche Aufsätze. Voigt.

Lateinisch. 8 St. S.: Cic. p. Marc.; Phil. I, II. W.: Cic. Tusc. I. 3 St. Freie Aufsätze, die Formen der partitio und die Chrie. Extemporalien. Uebersetzung aus Süpfle, Aufgaben II. Uebungen im Lateinsprechen, im Anschluss an Sallust Cat. und Iug. und Cic. Cat. Maj. 3 St. Meusel — Horas.: S.: Metrik. carm. lib. III, 1—6, lib. I, 5—15. W.: carm. I, 1—4, 16—38. 2 St. Kempf.

Griechisch. 6 St. S.: Plutarch, Aristid. und Cato. Hom. Il. I—VI. W.: Sophocl. Antig. Plato Protagor. Hom. Il. VII—X. 5 St. — 1 St. Extemporalien (14 tägig) und Repetition der Syntax. Küster. **Französisch.** 3 St. Plötz, Grammatik Lect. 70—78. Extemporalien. Lectüre aus la France littéraire. Püschel.

Geschichte. 3 St. S. Ober-Prima.

Mathematik. 4 St. S.: Stereometrie 5 St. Repetition der Reihen und Logarithmen 1 St. W. Der binomische Satz und seine Anwendungen. Combinationslehre. Gleichungen dritten Grades. 3 St. Repetition der Trigonometrie und Uebungen 1 St. Monatlich eine grössere Arbeit. Fischer.

Physik. 2 St. S.: Galvanismus. W.: Mechanik. Fischer.

Hebräisch. 2 St. Mit Ober-Prima combinirt.

Englisch. 2 St. Mit Ober-Prima combinirt.

Ober-Secunda. Ordinarius: Oberl. Dr. Amon.

Religion. 2 St. S.: Einleitung in die Evangelien und Ueberblick des Lebens Jesu nach den Synoptikern. Erklärung der Reden Jesu nach dem Evangelium Matthäi. W.: Erklärung der Apostelgeschichte und des Galaterbriefes. Gumlich.

Deutsch. 2 St. Aufsatzlehre, insbesondere die Hauptlehren der Inventio und Dispositio. Im Anschluss daran Besprechung und Correctur vierwöchentlicher Aufsätze. Lectüre von Lessing's Abhandlung über das Epigramm (1—4), und von Schiller: Was heisst und zu welchem Zwecke studirt man Universalgeschichte? Müller I.

Lateinisch. 10 St. S.: Liv. lib. XXII. Cic. Cato major. W.: Cic. de imperio Cn Pompei, in C. Verrem lib. IV. 4 St. Vergil. Aen. S.: IV, V, bis v. 285. W.: V, 286 — VI, 625. 2 St. Stilistische Anleitung. Grammatische Repetitionen. Uebungen im Lateinschreiben und -sprechen. 4 St. Amon.

Griechisch. 6 St. S.: Xenoph. Cyrop. I, 1—6. 3 St. — Hom. Od. I—IV, 470. 2 St. — Tempus- und Moduslehre nach Seyffert. Alle 14 Tage ein Extemporale. 1 St. — W.: Plat. Apol. 3 St. Hom. Od. IV, 470 — extr. XIV, XV, XX, XXI. 2 St. Friedländer.

Französisch. 2 St. Lectüre aus la France littéraire. Plötz, Grammatik Lect. 58—69. Extemporalien. Püschel.

Geschichte. 3 St. Römische Geschichte. Repetition der griechischen Geschichte und der deutschen Geschichte im Mittelalter. Geographische Repetition von Europa. Goldschmidt.

Mathematik. 4 St. S.: Logarithmen und ebene Trigonometrie; Repetition der früheren Pensen. W.: Gleichungen ersten und zweiten Grades mit einer und mehreren Unbekannten, reciproke Gleichungen, arithmetische und geometrische Reihen. Repetition des Sommerpensums. Le Viseur.

Physik. 2 St. S.: Reibungselectricität. W.: Einleitung in die Mechanik; die einfachen Maschinen. Le Viseur.

Hebräisch. 2 St. Formenlehre, schriftliche Uebungen. Erklärt wurde Genes. 1 u. 2. Müller II.

Englisch. 2 St. Regeln der Aussprache und der Formenlehre. Lectüre aus Herrig's Reading book. Körner.

Unter-Secunda. Ordinarius: Oberl. Dr. Friedländer.

Religion. 2 St. S.: Geschichtliche Bücher des Alten Testaments. W.: Prophetische, didaktische apokryphische Bücher des A. T. Kirchenlieder. Müller II.

Deutsch. 2 St. S.: Lectüre und Erklärung von Schiller's Spaziergang und Braut von Messina, sowie von Abschnitten aus Tegnér's Frithjofsange. W.: Lectüre von Schiller's Wallenstein und Göthe's Hermann und Dorothea. Aufsätze. Müller II.

Lateinisch. 10 St. S.: Liv. I. praef., 1—22, 3 St. — Verg. Aen. lib. II, 298 — extr., 2 St. W.: Cic. de imp. Cn. Pompei; pro Archia poeta. 3 St. W.: Verg. Aen. lib. III. Wöchentlich Versübungen nach Seyffert's Palaestra Musarum, 2 St. — Verg: Thiemann. Pros. Lect. Friedländer. — Repetition der Casus- und Moduslehre, Lehre vom Imperativ, den Fragesätzen, vom Supinum und Participium nach Ellendt-Seyffert's lat. Gramm., 2 St. Mündliches Uebersetzen aus Süpfle's Stilübungen II., 1 St. Wöchentlich ein Extemporale., 2 St. Friedländer.

Griechisch. 6 St. Seyffert, Hauptregeln der attischen Syntax § 1—20. Xenophon Anabasis lib. V,

VI, VII. Vierzehntägige Extemp., 4 St. Homerische Formenlehre mit Benutzung von Köpke's Leitfaden. Hom. Od. lib. V—IX, 2 St. Voigt.

Französisch. 3 St. Wortstellung; Gebrauch der Zeiten und Moden. Plötz, Lect. 39—57. Lectüre aus Herrig's France littéraire. Goldschmidt.

Geschichte. 3 St. Orientalisch-griechische Geschichte. Repetition der preussischen Geschichte. Geographische Repetition der aussereuropäischen Erdtheile. Goldschmidt.

Mathematik. 4 St. S.: Geometrie: Proportionalität der Linien, Aehnlichkeit; Ausmessung der geradlinigen Figuren, sowie des Kreises; Repetition des Winterpensums. W.: Arithmetik: Potenz- und Wurzelrechnung, Proportionen, Anwendung der Gleichungen vom ersten Grade mit einer Unbekannten; Repetition des Sommerpensums. Le Viseur.

Hebräisch. 2 St. mit Ober-Secunda combinirt.

Englisch. 2 St. mit Ober-Secunda combinirt.

Ober-Tertia. Ordinarius: Coetus A. Oberl. Dr. Gumlich.
Coetus B. Oberl. Dr. Püschel.

Religion. 2 St. S.: Erklärung des Luther'schen Katechismus (1.—3. Hauptst.) Sprüche. Lieder. W.: Reformationsgeschichte und Erläuterung der Scheidelehren. (4. u. 5. Hauptst.) Pericopen erklärt. Coet. A. Gumlich. Coet. B. Müller II.

Deutsch. 2 St. S.: Formenlehre. W.: Etymologie und Syntax. Erklärung Uhland'scher, Göthescher, Schiller'scher Gedichte und Einführung in die Poetik. Aufsätze. Coet. A. Gumlich. Coet. B. Junge.

Lateinisch. 10 St. Tempora und Modi. Wöchentlich Extemporalien. Uebung im mündlich. Uebersetzen aus Ostermann's Uebungsbuch für Tertia. S.: Cicero in Catilin. I, III. W.: Caesar bell. civ. lib. I. und III, c. 82—99, 3 St. Coet. A. Siecke. Coetus B. Püschel. Ovid. S.: I., 89—150, X, 1-219. W.: VII., 1-353. XIII, 1—675. Memoriren von einzelnen Abschnitten. Metrische Uebungen 2 St. Coet. A. Gumlich. Coet. B. Bieling.

Griechisch. 6 St. Xenoph. anab. lib. II—IV. Verba auf μι und anomala, Präpositionen, Exercitia und Extemporalia. Coet. A. Amen. Coet. B. Müller I.

Französisch. 2 St. Plötz, Grammatik II., Lection 24—88. Uebersetzung aus den Premières Lectures françaises von Herrig. Extemporalien. Coet. A. Püschel. Coet. B. Fischer.

Geschichte u. Geographie. 3 St. S.: Brandenburgisch-preussische Geschichte vom Anfang bis zum Jahre 1640. Geographie von Deutschland. W.: Brandenb.-preuss. Geschichte von 1640 bis in die neueste Zeit. Repetition der Geographie der aussereuropäischen Erdtheile. Coet. A. Gumlich. Coet. B. Förster.

Mathematik. 3 St. S.: Geometrie: die Lehre vom Kreise und von der Flächengleichheit, 2 St. Repetition des Winterpensums, 1 St. W.: Arithmetik: Wiederholung der Elemente, Rechnen mit gebrochenen Buchstabenausdrücken; Gleichungen vom ersten Grade mit einer Unbekannten, 2 St. Wiederholung des Sommerpensums, 1 St. Coet. A. Le Viseur. Coet. B. Fischer.

Naturkunde. 2 St. S.: Elemente der Geognosie und Geologie. W.: Elemente der Mineralogie mit besonderer Berücksichtigung der Krystallographie. Coet. A. u. B.Fischer.

Unter-Tertia. Ordinarius: Coet. A. Ord. Lehr. Dr. Voigt.
Coet. B. Ord. Lehr. Meusel.

Religion. 2 St. Bibelkunde des N. T. Gelesen wurde S.: Matthäus. W.: Apostelgeschichte. Repetition des Katechismus. Kirchenlieder. Coet. A. u. B. Meusel.

Deutsch. 2 St. Erklärung von Balladen Uhland's und Schiller's. Deklamationen und Aufsätze. Coet. A. Bis Weihnachten: Matzat, bis Ostern: Lengnick. Coet. B. Junge.

Lateinisch. 10 St. Casus-Syntax nach Ellendt-Seyffert § 129—185, 189—201, eingeübt durch Ostermann's Uebungsbuch und wöchentliche Extemporalien. Repetition der Formenlehre, namentlich der unregelmässigen Verba. 5 St. Gelesen im Coet. A. Caesar de bell. Gall. lib. III.—V., 3 St. Anfangsgründe der Prosodie und Metrik und Scandirübungen. Gelesen Ovid Metam. VIII., 260—474, VI, 146—312. In Coet. B. Caes. b. G. IV. u. V., Ovid I., 163—451; VIII. 611—IX., 97, Coet A. Voigt. Coet. B. Meusel.

Griechisch. 6 St. Subst. contracta der II. u. III. Declination, Verba muta, liquida, II. tempora, Adjectiva, Numeralia, Pronomina. Dazu die entsprechenden Stücke aus Bellermann's Lesebuch und Gottschick's Uebungen zum Uebersetzen in's Griechische. Wöchentlich eine schriftliche Arbeit (Exercitien, Extemporalien). Coet. A. Thiemann. Coet. B. Menzer.

Französisch. 2 St. Plötz, Grammatik II, Lection 1—23. Extemporalien. Lectüre aus den Premières Lectures françaises von Herrig. Coet. A. Püschel. Coet. B. Menzer.

Geschichte u. Geographie. 3 St. Deutsche Geschichte bis zum Westphälischen Frieden. Geographie von Europa ausser Deutschland. Coet. A. Bis Weihnachten: Matzat, bis Ostern: Lengnick. Coet. B. Junge.

Mathematik. 3 St. S.: Geometrie: die Lehre von den Linien, Winkeln, Parallelen, Dreiecken und Vierecken. 2 St. Algebra: die Elemente der Buchstabenrechnung, Addition, Subtraction und Multiplication. 1 St. W.: Algebra: die vier Species und die abgekürzten Rechnungen mit Decimalbrüchen. 3 St. Geometrie: die Elemente. 1 St. Coet. A. u. B. Hohnhorst.

Naturkunde. 2 St. S.: Repetition des Linné'schen Systems. Die Grundzüge des natürlichen Systems. Uebungen im Beschreiben von Pflanzen. W.: Die Insecten. Coet. A. u. B. Hohnhorst.

Quarta. Ordinarius: Coet. A. Ord. Lehr. Dr. Müller I.
Coet. B. Ord. Lehr. Dr. Junge.

Religion. 2 St. Bibelkunde des A. T. Geographie von Palästina. Katechismus, Sprüche, Kirchenlieder. Coet. A. Gumlich. Coet. B. Förster.

Deutsch. 2 St. Die Satz- und Interpunctionslehre. Declamationsübungen. 14 tägig abwechselnd Aufsätze und Klassenscripta. Coet. A. S.: Matzat. W.: Bieling. Coet. B. Küster.

Lateinisch. 10 St. Hauptregeln über Acc. c. Inf., Absichts- und Folgesätze, Participialconstructionen; ausserdem Ellendt-Seyffert §. 102—106, 129, Anm. 1—3, 143a. und b., 147, 159. 160, 165, 172, 174, 180, 185, 186, 191, 193, 196. Uebersetzung aus Gedicke's lat. Lesebuch und Ostermann's Uebungsbuch für Quarta. Coet. A. Müller I. Coet. B. Junge.

Griechisch. 6 St. Regelmässige Formenlehre. Declination der Substantiva und Adjectiva. Comparation. Verba pura und contracta. Uebersetzungen aus Bellermann's Lesebuch, wöchentliche Extemporalien. Coet. A. Kempf. Coet. B. Friedländer.

Französisch. 2 St. Grammatik nach Plötz I. Lection 50—85. Zahlwörter. Theilungsartikel. Regelmässige Conjugation. Coet. A. bis Weihnachten Matzat, bis Ostern Lengnick. Coet. B. Goldschmidt.

Geschichte u. Geographie. 3 St. S.: Asiatisch-griechische Geschichte. W.: Röm. Gesch. bis Augustus nebst Uebersicht der Geographie von Italien; Geographie von Deutschland. Coet. A. bis Weihnachten Matzat, bis Ostern Bieling. Coet. B. Junge.

Rechnen. 3 St. Repetition der gemeinen Brüche; Decimalbrüche, einfache und zusammengesetzte Regeldetri. Coet. A. u. B. Le Viseur.

Zeichnen. 2 St. S.: Freihandzeichnen nach Dupuis'schen Drahtfiguren, Körpern und leichten Gipsmodellen. W.: Darstellende Geometrie und Freihandzeichnen nach Vorlagen und Modellen. Coet. A. und B. Worms.

Quinta. Ordinarius: Coet. A. Ord. Lehr. Dr. Förster.
Coet. B. Ord. Lehr. Müller II.

Religion. 3 St. S.: Biblische Geschichte von Moses bis zur Babylonischen Gefangenschaft. Das Leben Jesu nach Lucas. Katechismus III. Hauptstück. Kirchenlieder. Coet. A. Förster. Coet. B. Müller II.

Deutsch. 2 St. Die Lehre vom einfachen und zusammengesetzten Satz; Regeln über Interpunktion; schriftliche Uebungen hierüber, sowie orthographische Uebungen zu Hause und in der Klasse. Memoriren und Erklären von Gedichten. Coet. A. Förster. Coet. B. Müller II.

Lateinisch. 10 St. Comparation der Adjectiva, Zahlwörter, Präpositionen, Ac rbia, unregelmässige Verba, Conjugatio periphrastica, Accus. c. Inf., Participialconstruction, Abl. absol., Gerundivum. Uebersetzung entsprechender Stücke aus Gedike-Hofmann; wöchentliche Extemporalien; Memoriren leichter Sätze. Coet. A. Förster. Coet. B. Müller II,

Französisch. 2 St. Plötz I. Theil, Lect. 1—40. Coet. A. S.: Goldschmidt. W.: Siecke bis Februar, zuletzt Förster. Coet. B. S.: Siecke. W.: Goldschmidt.

Geographie. 2 St. Die ausserdeutschen Länder Europa's. S.: Süd-Europa genauer. W.: Die übrigen Theile. Coet. A. S.: Matzat. W.: Bis Weihnachten Matzat, bis Ostern Förster. Coet. B. S.: Rohleder. W.: Goldschmidt.

Rechnen. 2 St. Bruchrechnung. Resolviren und Reduciren. Coet. A. und B. Hohnhorst.

Naturkunde. 2 St. S : Das Linné'sche System. Uebungen im Beschreiben von Pflanzen. W.: Vögel, Reptilien und Fische. Coet. A. und B: Hohnhorst.

Zeichnen. 2 St. S.: Freihandzeichnen, geschwungene Linien. W.: Darstellende Geometrie und Freihandzeichnen nach Dupuis'schen Drahtfiguren. Coet. A. und B. Worms.

Schreiben. 2 St. Deutsche, lateinische und griechische Schrift. Tactschreiben; Uebungen in der Klasse nach Vorschriften an der Wandtafel. Wöchentlich 2 resp. 3 häusliche Uebungen in den Lesshaft-Heften und im Schulschreibeheft. Coet. A. und B. Salzmann.

Singen. 2 St. Beginn des zweistimmigen Gesanges in Uebungen, Chorälen und Liedern. Moll-Tonleiter und Moll-Accorde. Hauer.

Sexta. Ordinarius: Coet. A. Ord. Lehr. Dr. Menzer.
Coet. B. Ord. Lehr. Dr. Thiemann.

Religion. 3 St. Die ersten 3 Hauptstücke mit Erklärung, nebst entsprechenden Bibelversen. Einige Kirchenlieder. S : Alttestamentl. Geschichte von Joseph bis zu den Richtern. W.: Lebensgeschichte Jesu nach Fürbringer, Theil II. Namen und Eintheilung der biblischen Bücher. Coet. A. und B. Salzmann.

Deutsch. 2 St. Die Wortarten, der einfache und erweiterte Satz. Regeln für Rechtschreibung. Uebungen im Lesen und Wiedererzählen des Gelesenen. Memoriren geeigneter Gedichte aus dem Lesebuche von Hopf und Paulsiek. Wöchentlich ein orthographisches Extemporale. Coet. A. Menzer. Coet. B. Thiemann.

Lateinisch. 10 St. Regelmässige Declination und Conjugation, Ableitung der Verbalformen, unregelmässige Declination. Hauptgenusregeln und deren Ausnahmen, Verba deponentia. Auswendiglernen aller zu Gedike's Lesebuch Abschnitt I — III. gehörigen Vocabeln; Uebungen im mündlichen und schriftlichen Uebersetzen; wöchentliche Extemporalien. Coet. A. Menzer. Coet. B. Thiemann.

Geographie. 2 St. Heimathskunde. Allgemeine geographische Begriffe. Elemente der mathematischen Geographie. Elementare Uebersicht der Continente und Oceane. Ausserdem S.: Topographie von Berlin und Umgegend. W.: Geographie der Provinz Brandenburg. Coet. A. bis Weihnachten Matzat, bis Ostern Junge. Coet. B. S.: Rohleder. W.: Bis Weihnachten Matzat, bis Ostern Lengnick.

Rechnen. 4 St. Rechnen mit unbenannten und benannten ganzen Zahlen. Aufgaben aus der Regeldetri und Zeitrechnung; Einführung in die Decimalbruchrechnung im Anschluss an das Rechnen mit den neuen Massen und Gewichten nach dem Rechenbuche von Harms und Kuckuck; wöchentlich 2 häusliche Arbeiten; Extemporalien. Coet. A. Schmidt. Coet. B. Salzmann.

Naturkunde. 2 St. S.: Elemente der Botanik. W.: Einleitung in die Zoologie. Säugethiere. Coet. A. Fischer. Coet. B. Hohnhorst.

Zeichnen. 2 St. Freihandze ebnen geradliniger Figuren, nach gegebenen Proportionen, vom Lehrer an die Tafel gezeichnet. Coet A. und B. Worms.

Schreiben. Deutsche und latei nische Schrift. Uebungen in der Klasse nach Vorschriften an der Wandtafel. Tactschreiben. Wöchentlich 2 häusliche Uebungen in den Lesshafthefteen. Coet. A. Salzmann. Coet. B. Seele.

Singen. 2 St. Musikalische Vorkenntnisse, einstimmige Gesangübungen in der Dur-Tonleiter und dem Dur-Accorde, auch Uebungen im Treffen der Töne nach H. Hauer, Gesangschule Heft I. Ausser dem wurden einige Choräle und leichtere Lieder gesungen.

Der Unterricht im **Zeichnen** ist von Unter-Tertia an facultativ. Die Schüler wurden je nach ihrer Befähigung ein jeder in 2 Stunden wöchentlich geübt: 1. Im freien Handzeichnen, leichter und schwieriger Gipsmodelle, Zeichnen nach Vorlagen in Bleistift-, Kreide- und Federmanier, Aquarelliren. Im Linearzeichnen wurden die Elemente der Parallel-Construction, Linear-Perspective, Lehre vom Schatten und den Spiegelungen in allgemeinen Umrissen durchgenommen, sowie im Grund- und Aufriss, Situationszeichnen und perspectivischen Darstellungen Uebungen angestellt.

Der **Gesangunterricht** ist obligatorisch; eine Dispensation ist nur in Folge des Stimmwechsels oder eines ärztlichen Attestes gestattet. Die geübteren Schüler von Quinta bis Prima bilden die **erste Gesangklasse** und werden in 2 St. im vierstimmigen Gesange, die beiden Oberstimmen ausserdem in je einer dritten Stunde einstimmig geübt. Diejenigen Schüler der oben genannten Klassen, welche noch nicht so weit vorbereitet sind, dass sie mit Erfolg an den Uebungen der ersten Gesangklasse Theil nehmen können, werden in zwei Abtheilungen unterrichtet und zwar Bass und Tenor 2 St., Sopran und Alt 2 St. **Hauer.**

Die nicht am Singen theilnehmenden Schüler wurden in einer wöchentlichen Extrastunde beschäftigt, und zwar lasen die Primaner und Secundaner in den Lesestücken aus der griechischen und lateinischen Anthologie von Seyffert, jene bei Herrn Dr. **Küster**, diese bei Herrn Dr. **Müller I.** Die Ober-Tertianer wurden in der lateinischen Grammatik von Herrn Dr. **Voigt**, die Unter-Tertianer im Uebersetzen des Cornel von Herrn Dr. **Menzer**, die Quartaner im Rechnen von Herrn Oberl. **Le Viseur** geübt.

Der **Turnunterricht** wurde im Sommer den Gymnasiasten mit den Realschülern gemeinschaftlich an den Nachmittagen des Mittwochs und Sonnabends auf dem Turnplatz bei Moabit ertheilt. Die Uebungen leitete Herr **Ballot**, der dabei von vier auf der Central-Turnanstalt gebildeten Lehrern unterstützt wurde. Von Seiten der Anstalt war als Turninspicient der ordentliche Lehrer an der Real-Vorschule Herr **Schulze** beigegeben. Im Winter wurde der Turnsaal des Herrn Ballot (Dorotheenstr. 60) benutzt. Die Uebungen wurden an den Nachmittagen des Mittwochs und Sonnabends in vier Abtheilungen vorgenommen.

Die Hindernisse, welche einer gedeihlicheren Entwickelung des Turnens bis jetzt im Sommer der weite Weg zum Turnplatze, im Winter die Unzulänglichkeit des Raumes entgegengestellt hat, werden gehoben werden, wenn, was wir sehnlichst wünschen, bei dem Neubau der Friedrichs-Realschule in der Albrechtstrasse 21 das Project der Errichtung einer den Anforderungen beider Anstalten genügenden Turnhalle zur Ausführung kommt.

B. Vorschule.

Erste Klasse. Ordinarius: Ordentl. Lehrer Schmidt.

Religion. 3 St. Biblische Geschichten des Alten (Sommer) und Neuen (Winter) Testaments. Sprüche. Lieder 84 u. 610. (Wiederholung der Lieder 800. 806. 833. 232.) Das I. und II. Hauptstück.
Deutsch. 9 St. Orthographische Uebungen. (Dehnung. Schwierige Lautverbindungen. Fremdwörter.) Der einfache Satz und seine Theile. Die Wortarten. Declination, Comparation, Conjugation.
Rechnen. 7 St. Erweiterung des früheren Pensums. Einmaleins mit 12. 15. 16. 24. 25. Kopfrechnen im Zahlenkreise bis 1000. Resolviren und Reduciren mit benannten Zahlen.
Schreiben. 4 St. Deutsche und lateinische Schrift.

Zweite Klasse. Ordinarius: Ordentl. Lehrer Seele.

Religion. 3 St. Biblische Geschichten des A. und N. T. (Fürbringer II.); Sprüche und Lieder (121 und 282); Wiederholung der Lieder 800, 806 und 659.

Deutsch. 10 St. a) Lesen (6 St.): Borl. Lesebuch. b) Orthogrgphie (2 St.); Sylbenabtheilaug, Wörter mit mehreren Auslauten, Schärfung, Umlautung (Leitfaden für den Unterricht in der Orthographie von Frz. Schmidt § 7—23). Wöchentlich 1 Extemporale. c) Grammatik (2 St.): Kenntniss des Haupt-, Zeit-, Eigenschaftsworts, Artikels und persönlichen Fürworts, Declination, Conjugation der Hauptzeiten im Activum; Wortbildung (Ableitung und Zusammensetzung).

Rechnen. 7 St. Die 4 Species im erweiterten Zahlenkreise, schriftlich; Kopfrechnen im Zahlenkreise bis 100. Wöchentlich 1 Extemporale.

Schreiben. 4 St. Lesshafft I—IVB. Einübung der lateinischen Schrift.

Dritte Klasse. (2 Abtheilungen mit den Realschülern combinirt. Wechselcoetus.) Ordinarien: Ordentl. Lehrer Perleberg. Ordentl. Lehrer Gross.

Religion. 3 St. Biblische Geschichten des A. und N. Testaments (Fürbringer I.). Kleine Sprüche (Fibel). Lieder Nr. 659, 800, 806. Vaterunser. 10 Gebote ohne Erklärung.

Deutsch. 11 St. Denk- und Spechübungen 2 St. (Wilke'sche Tafeln). Lesen 7 St. (O. Schulz Schreiblesemethode.) Kleine Gedichte. Dictirübung kleiner Wörter. Grosse Anfangsbuchstaben. Wörter mit vermehrten Anlauten. (Orthograph. Leitfaden § 1—6.) 2 St.

Rechnen. 6 St. Zahlenkreis von 1—100 (4 Species). Einmaleins.

Schreiben. 4 St. Lesshaft I—IV.

Themata der schriftlichen Arbeiten.

I. Abiturientenarbeiten.

Ostern 1871. — 1. Deutscher Aufsatz: Der Mann ist wacker, der sein Pfund benutzend zum Dienst des Vaterlands kehrt seine Kräfte. 2. Lateinischer Aufsatz: Epicuri de summo bono doctrina quae fuerit exponatur et cur probari non possit breviter doceatur. 3. Mathematische Aufgaben: a) $x^5 + \frac{1}{6} x^4 - \frac{43}{6} x^3 - \frac{43}{6} x^2 + \frac{1}{6} x + 1 = 0$. b) In einem Walde, der 10,000 Klafter Holz enthält und dessen Zunahme jährlich 5 proc. beträgt, werden zu Ende eines jeden Jahres 800 Klafter geschlagen. Wie viel Klafter wird der Wald nach 10 Jahren enthalten? c) Einem Kreise ist ein regelmässiges Dreizehneck eingeschrieben, dessen Oberfläche 179,6 □ᵐ beträgt. Wie gross ist die Oberfläche des demselben Kreise eingeschriebenen Siebenecks? d) Um eine Kugel, deren Radius gegeben ist, soll ein gerader Kegel mit Kreisbasis so beschrieben werden, dass sein Volumen n mal grösser als das der Kugel ist. Wie gross ist die Höhe des Kegels und was ist der kleinste Werth, den man der Zahl n beilegen darf?

Michaelis 1871. — 1. Deutscher Aufsatz. Wie zeichnet Homer den Charakter des Achilles in seinem Benehmen gegen Hektor und Priamus? 2. Lateinischer Aufsatz: Quae causae commoverint M. Tullium Ciceronem ut ante rogationem P. Clodii perlatam in exilium abiret. 3. Mathematische Aufgaben: a) $\frac{x}{y} = \frac{z}{u}$; $x + u = 29$; $y + z = 41$; $x^3 + y^3 + u^3 + z^3 = 39210$. b) Wenn man zum ersten Gliede einer arithmetischen Reihe die Zahl 3, zum zweiten 6, zum dritten 9 und zum vierten 15 addirt, erhält man eine geometrische Reihe. Die Reihen sollen gefunden werden. c) Ein Dreieck hat die Seiten a = 13ᵐ, b = 14ᵐ, c = 15ᵐ. Es soll der Kreis gefunden werden, dessen Mittelpunkt auf c liegt, und der die Seiten a und b berührt. Wie gross ist sein Radius, in welchen Punkten berührt er a und b, und wie gross sind die Abschnitte, in welche sein Mittelpunkt die Seite c zerlegt? d) In welchem Kugelausschnitte ist der sphärische Theil der Oberfläche gleich dem konischen?

G y m n a

Ordinariate:	I A. Kempf.	I B. Küster.	II A. Amen.	II B. Friedländer.	III A a. Gumlich.	III A b. Püschel.	III B a. Voigt.
1. Director Prof. Dr. Kempf.	6 Latein	2 Horaz					
2. Oberl. Dr. Amen.	2 Horaz		10 Latein		6 Griechisch		
3. Oberl. Dr. Küster.	3 Deutsch 6 Griechisch	6 Griechisch					
4. Oberl. Dr. Gumlich.	2 Religion	2 Religion 2 Hebräisch	2 Religion		2 Religion 2 Deutsch 2 Ovid 3 Geschichte		
5. Oberl. Dr. Fischer.	4 Mathem. 2 Physik	4 Mathem. 2 Physik			2 Französ. 2 Naturk.	3 Mathem. 2 Naturk.	
6. Oberl. Dr. Friedländer.			6 Griechisch	8 Latein			
7. Oberl. Dr. Püschel.	2 Französ.	2 Französ. 2 Englisch	2 Französ.			8 Latein 2 Französ.	2 Französ.
8. Oberl. Le Viseur.			4 Mathem. 2 Physik	4 Mathem.	8 Mathem.		
9. Ord. Lehrer Dr. Voigt.		3 Deutsch		6 Griechisch			10 Latein
10. Ord. Lehrer Dr. Goldschmidt.	1 Geschichte	1 Geschichte 2 Geschichte	3 Geschichte	3 Französ. 3 Geschichte			
11. Ord. Lehrer Meusel.		6 Latein					2 Religion
12. Ord. Lehrer Dr. Müller I.			2 Deutsch		6 Griechisch		
13. Ord. Lehrer Dr. Engelmann.	nach Rom beurlaubt.						
14. Ord. Lehrer Dr. Förster.						3 Geschichte	
15. Ord. Lehrer Müller II.			2 Hebräisch	2 Religion 2 Deutsch		2 Religion	
16. Ord. Lehrer Dr. Menser.							
17. Ord. Lehrer Hohnhorst.							3 Mathem. 2 Naturk.
18. Ord. Lehrer Dr. Thiemann.				2 Vergil			6 Griechisch
19. Ord. Lehrer Dr. Junge.						2 Deutsch	
20. Schulamts-Cand. Dr. Sieeke.					8 Latein		
21. Schulamts-Cand. Dr. Bieling.						2 Ovid	
22. Schulamts-Cand. Dr. Lengnick.							2 Deutsch 3 Geschichte
23. Wissensch. Hülfsl. Dr. Körner.			2 Englisch				
24. Ord. Lehrer Schmidt.							
25. Ord. Lehrer Seele.							
26. Ord. Lehrer Gross.							
27. Hülfslehrer Salzmann.							
28. Zeichenlehrer Worms.		2 Zeichnen				2 Zeichnen	
29. Musikdirector Hauer.		2 Erste Gesangklasse (vierstimmig) 2 Zweite Gesangklasse (Tenor u. Bass)				2 Erste Gesangklasse 2 Zweite Gesangklasse	

	III B b.	IV a.	IV b.	V a.	V b.	VI a.	VI b.	Vorschule.			
								1.	2.	3.	
	Meusel.	Müller I.	Junge.	Förster.	Müller II.	Menser.	Thiemann.	Schmidt.	Seele.	Grosse.	
		6 Griechisch									14
											18
		2 Deutsch									17
		2 Religion									19
						2 Naturk.					23
		6 Griechisch									20
											20
		3 Rechnen	3 Rechnen								19
											19
			2 Französ.		3 Französ.\n2 Geschichte						20
2 Religion\n10 Latein											20
		10 Latein									18
			2 Religion	3 Religion\n2 Deutsch\n10 Latein\n2 Geograph.							22
					3 Religion\n2 Deutsch\n10 Latein						23
3 Griechisch\n4 Französ.						2 Deutsch\n10 Latein					20
4 Mathem.\n4 Naturk.			3 Rechnen\n2 Naturk.	3 Rechnen\n2 Naturk.		2 Naturk.					22
						2 Deutsch\n10 Latein					20
4 Deutsch\n4 Geschichte			10 Latein\n3 Geschichte		2 Geograph.						22
			3 Französ.								11
	2 Deutsch\n3 Geschichte										7
	2 Französ.				2 Geograph.						9
											2
					4 Rechnen		3 Relig.\n10 Deutsch\n7 Rechnen\n4 Schreib.				28
						3 Schreiben		3 Relig.\n10 Deutsch\n7 Rechnen\n4 Schreib.			27
									3 Relig.\n2 Denküb.\n9 Lesen\n6 Rechnen\n4 Schreib.		24
			3 Schreiben	3 Schreiben	3 Religion\n3 Schreiben	3 Religion\n4 Rechnen					19
	2 Zeichnen	2 Zeichnen	2 Zeichnen	2 Zeichnen	2 Zeichnen	2 Zeichnen					16
Sopran 1 Alt\nSopran u. Alt			2 Singen	2 Singen	2 Singen	2 Singen					16

II. Klassenarbeiten. Deutsche Aufsätze.

Ober-Prima. Charakterschilderung des Protagoras nach Plato's gleichnamigem Dialog. — Wie lässt sich die Einheit der Handlung in Sophocles'Ajax erklären? — Von welchem Standpunkte aus ist der Krieg zu rechtfertigen? — ῎Ανθρωπος ὤν]τοῦτ' ἴσθι καὶ μέμνησ' ἀεί. — In wie weit ist die Darstellung des Hässlichen in der Kunst erlaubt? — Der Charakter des Pfarrers von Grünau in Voss' Idyll. — Welche religiös sittliche Bedeutung haben die Opfer der homerischen Griechen? — Erklärung des Schiller'schen Gedichtes: „Die Worte des Glaubens". — Der Begriff des Schicksals in der alten und modernen Tragödie mit besonderer Berücksichtigung des Sophocleischen Oedipus R. — Wie schildert Goethe die Zustände Italiens zur Zeit des Tasso in seinem gleichnamigen Drama? — Wie wird in Goethe's Iphigenie Orestes von der Gewalt der Furien befreit? — Undank ist der Welt Lohn.

Unter-Prima. Ueber die Bedeutung Karl des Grossen für deutsche Sprache und Litteratur. — Vergleichung des Hildebrands- mit dem Ludwigsliede aus dem religiösen Gesichtspunkte. — Worin besteht und worauf beruht der Gegensatz der karolingischen und ottonischen Periode? — Mit welchem Rechte sagt Goethe (XXXII, p. 274): „Die Kenntniss des Nibelungenliedes gehört zu einer Bildungsstufe der Nation"? — Das Wiedererwachen des classischen Alterthums in Deutschland und die Nationalpoesie. — Minnelied und Meistersang. — Meistersang und Volkslied. — In wie fern bezeugen Goethe's Gedichte liebende Pflege des Volksliedes? — Die Entstehung der Thiersage. — Worin besteht und worauf beruht der Hauptunterschied zwischen der älteren und jüngeren Gestaltung der Thiersage in Ton und Handlung? — Vergleichung der beiden Theile des Reineke Vos. — Ueber die subjectiven und objectiven Voraussetzungen zum Genusse des Volksliedes. — Walther im Dienst niederer Minne. — Das Kirchenlied Dr. Martin Luthers. — Entwickelung des geistlichen Spieles aus dem Gesichtspunkte der dramatischen Handlung. — Willst Du, dass wir mit hinein in das Haus Dich bauen, lass es Dir gefallen, Stein, dass wir Dich behauen. — Die Methodik des satirischen Lehrgedichts im 16. Jahrhundert. — Welche Verdienste erwarb sich die Lehrdichtung in Verbreitung und Vertiefung der Reformation? — Welches ist, wie weit kennt und wie verwebt das Nibelungenlied die Vorgeschichte Siegfrieds? — Mit welchem Rechte nennt man Opitz den Vater der neueren deutschen Dichtung? — Opitz und Flemming. — Der dreissigjährige Krieg in seinen Wirkungen auf die deutsche Litteratur. — Sophokles' Antigone in Opitzischer Bearbeitung. — Aus welchem Grunde liess das 17. Jahrhundert die Fabel so ganz fallen? — Andreas Gryphius' Verhältniss zu den beiden schlesischen Schulen. — Der prophetische Grundton im Nibelungenliede.

Ober-Secunda. Wer zeigt wahren Muth? — Wie gelangt Lessing zu seiner Definition des Epigramms und wie wird dieselbe verwerthet? — Neid und Wetteifer, eine vergleichende Unterscheidung. — Warum feiern wir die Gedenktage grosser Ereignisse? — Welche äusseren Verhältnisse setzt die Handlung in Schillers Wallenstein voraus? — Wallensteins nächste Umgebung am Hofe zu Pilsen. — In wie fern erklärt das Lager Wallensteins Verbrechen? — Welche Lebensschicksale sind für das Verständniss der Charakterentwickelung Wallensteins von Bedeutung? — Welche Aufgabe stellen wir uns bei einer Charakteristik und wie ist dieselbe zu lösen? — Der Oberst Buttler, Versuch einer Charakteristik. — Ist Max Piccolomini's Tod (Wallensteins Tod IV, 10) zu rechtfertigen oder zu entschuldigen? — Max dringt in Wallenstein den Kaiser nicht zu verrathen.

Unter-Secunda. Die landschaftlichen Schönheiten, die jede Jahreszeit entfaltet. — Alles in der Welt lässt sich ertragen, nur nicht eine Reihe von guten Tagen. — Das Glück eine Klippe; das Unglück eine Schule. — Ans Vaterland, ans theure, schliess dich an; das halte fest mit deinem ganzen Herzen. — Luther in Worms. — Columbus. — Ein Ferientag. (In Hexametern.) — Die Fabel der Brant von Messina. — Rede der Berolina an Deutschlands heimkehrende Krieger. — Beschreibung der Siemering'schen Reliefs an der Germania-Statue. — Blicke in die Werkstatt eines Secundaners. — Wallensteins Schuld nach „Wallensteins Tod". — Winterfreuden und Winterschmerzen. Ein poetischer Versuch. — Gedanken beim Jahreswechsel.

Lateinische Aufsätze.

Ober-Prima. Gloria sequi, non appeti debet. — Cornelii Nepotis quae natura et qui mores fuerint quidque de optima rei publicae forma senserit ex ipsius, quae supersunt, scriptis demonstretur. — Multo saepe difficilius est tueri parta quam omnino parare. — M. Tullii Ciceronis qui inimici acerbissimi extiterint quaeritur quaeque fuerint inimicitiarum illarum causae. — P. Clodius quibus artibus usus sit, ut Ciceronem everteret. — M. Cicero in exilium electus quomodo illam calamitatem tulerit. — Rebus in angustis facile est contemnere vitam. Fortiter ille facit, qui miser esse potest. — Quae commoda ex inimicis capienda sint. — L. Calpurnii Pisonis eius, quem Galba adoptavit, qui mores fuerint quaeque fortuna. — Quam vere Galba dixerit Caesarum temporibus Romanos nec totam servitutem pati potuisse nec totam libertatem. — Calamitas est virtutis occasio. — Qui rerum Romanarum status fuerit anno a. Chr. n. quinquagesimo sexto. — Timor non diuturnus officii magister. — Graeci praeceptis valent, Romani, quod est maius, exemplis.

Unter-Prima. De Leonidae in Thermopylis morte gloriosa. — Unius viri virtute saepe omnem civitatis salutem niti veteris memoriae exemplis demonstretur. — Deleta Carthago quae commoda et rursus quae incommoda rei Romanae attulerit explicetur. — Socrates dicebat ingeniosissimo cuique maxime institutione opus esse (Chrie). — Socrates hanc viam ad gloriam proximam et quasi compendiariam dicebat esse, si quis id ageret, ut qualis haberi vellet, talis esset. — Litterarum studia adversis rebus perfugium ac solacium praebent (Chrie). — Catonis Maioris vita ex Ciceronis de senectute libro narrata. — Recte Q. Fabium Maximum imperii Romani scutum dictum esse. — Feliciores esse populos, qui rei rusticae quam qui rei maritimae studeant. — Humanitatis studia adolescentiam alunt, senectutem oblectant, secundas res ornant, adversis perfugium ac solacium praebent, delectant domi, non impediunt foris, pernoctant nobiscum, peregrinantur, rusticantur (Rede). — Ober-Secunda. Quid Cicero ab initio libri V accusationis in C. Verrem usque ad caput XVII scripserit summatim et disposite narretur. — Mors Leonidae apud Thermopylas gloriosa. — De tertio bello Mithridatico. — Argumentum libri Ciceroniani, qui est de senectute, a primo capite usque ad caput XI exponitur. — Quibus in rebus Romani Graecis superiores fuerint. — Qua ratione Cicero singulas orationis de Cn. Pompei imperio partes persecutus sit.

Chronik.

In der Organisation der Anstalt sind in dem verflossenen Schuljahr wesentliche Veränderungen nicht eingetreten. Durch Ueberfüllung der Ober-Tertia wurde die Theilung dieser Klasse in zwei coordinirte Cötus nothwendig, die die nöthigen Goldmittel von den städtischen Behörden nach dem Beschluss der Stadtverordneten vom 5. April 1871 bewilligt wurden. Das Ordinariat der neu errichteten Klasse wurde dem Oberlehrer Dr. Püschel übertragen. Seitdem besteht die Anstalt aus 14 Gymnasial- und 3 Vorschulklassen, von welchen die Klassen von Sexta bis Ober-Tertia in je zwei parallele Cötus getheilt sind. Indessen wird die zunehmende Frequenz wahrscheinlich schon für das nächste Sommersemester noch die Theilung der Unter-Secunda in 2 Cötus nöthig machen. Jede der vierzehn Klassen ist in sich in zwei Abtheilungen geschieden, bei denen eine vierteljährliche Versetzung aus der unteren in die obere Abtheilung stattfindet.

Aus dem Lehrercollegium ist im Laufe dieses Jahres keiner geschieden. Herrn Dr. Engelmann, welcher vom October 1870 bis ebendahin 1871 mit dem Genuss des archäologischen Stipendiums nach Italien beurlaubt war, ist dieser Urlaub zur Fortsetzung seiner wissenschaftlichen Forschungen von den hohen vorgesetzten Behörden bis zum 1. April d. J. verlängert. Mit grosser Freude nahmen wir diejenigen unserer lieben Amtsgenossen wieder unter uns auf, welche muthig und begeistert die Bücher mit dem Schwerte vertauscht hatten, als es galt des Vaterlands Ehre und Wohlfahrt zu vertheidigen. Der ordentliche Lehrer Herr Dr. Förster kehrte, nachdem er als Vicefeldwebel im 7. Brandenburgischen Grenadier-Regiment Nr. 60 die Belagerung von Metz mitgemacht und nach einer schweren aber glücklich überstandenen Krankheit bei der Armee im mittleren Frankreich gestanden, um Pfingsten, der Oberlehrer Herr Le Viseur, welcher als Lieutenant zum 4. Garde-Grenadier-Regiment Königin Augusta commandirt an den Kämpfen vor Paris und namentlich um Le Bourget vielfach theilgenommen, am Tage des Einzugs unserer siegreichen Truppen, beide Herren mit dem eisernen Kreuze geschmückt, zu uns zurück, um sich wieder ihrer segensvollen, friedlichen Thätigkeit zu widmen.*) Während ihrer Abwesenheit hatten die Schulamtscandidaten Herr Dr. Simmerlein, Muthreich und Rohleder ihre Stelle vertreten, von denen der erstere uns zu Pfingsten, der zweite zum 1. Juli verliess. Die Anstalt ist diesen Herren für die grosse Hülfe, die sie ihr in schwerer Zeit geleistet, zu tiefem Dank verpflichtet.

In die bis dahin noch vakante 8. ordentliche Lehrerstelle wurde von Einem hochedlen Magistrat mit Genehmigung der Königlichen Behörde zu Ostern v. J. Herr Dr. Menzer, ordentlicher Lehrer am Gymnasium zu Freienwalde a. O., berufen und für die bei der Theilung der Unter-Tertia durch Beschluss der Stadtverordneten vom 22. September 1870 creirte 9. und 10. ordentliche Lehrerstelle zu derselben Zeit der Schulamtscandidat Herr Hohnhorst und zum 1. Juli der Schulamtscandidat Herr Dr. Thiemann gewählt. Die Theilung von Ober-Tertia endlich machte die Creirung einer 11. ordentlichen Lehrerstelle nothwendig, welche vom Magistrat dem bisherigen Schulamtscandidaten und Mitglied des Königl. pädagogischen Seminars für gelehrte Schulen Herrn Dr. Junge vom 1. October 1871 ab übertragen wurde.

In Betreff des Bildungsganges und der früheren amtlichen Stellung der neu eingetretenen Mitglieder mögen folgende kurze Angaben genügen:

Otto Menzer, 1844 in Wriezen a. O. geboren, wurde für die Universität auf dem Joachimsthalschen Gymnasium in Berlin vorgebildet und studirte darauf in Bonn und Berlin, woselbst er am 18. Februar 1867 mit einer Dissertation „de Rheso tragoedia" zum Doktor der Philosophie promovirt wurde. Nachdem er sodann an mehreren Privatschulen in Berlin unterrichtet hatte, machte er nach bestandenem Staatsexamen sein Probejahr an der Realschule I. Ordnung zu Perleberg und am Gymnasium zu Freienwalde a. O. ab und wurde an diesem als ordentlicher Lehrer angestellt, eine Stellung, welche er am 1. April v. J. gegen seine jetzige vertauschte.

Hermann Hohnhorst, 1844 zu Kaukehmen in Ost-Preussen geboren, erhielt seine Schulbildung auf dem Gymnasium zu Krotoschin und studirte von 1863 ab in Breslau und Berlin Mathematik und Naturwissenschaften. Nachdem er in Berlin die Prüfung pro facultate docendi bestanden, absolvirte er von Ostern 1869 ab sein Probejahr am hiesigen Friedrich-Wilhelms-Gymnasium als Mitglied des von Herrn Professor Schellbach geleiteten mathematischen Seminars. Darauf ertheilte er in Vertretung ein Jahr hindurch mathematischen Unterricht am hiesigen Friedrichs-Gymnasium und wurde daselbst Ostern 1871 als ordentlicher Lehrer angestellt.

C. Thiemann, geboren 1844, erhielt seine erste wissenschaftliche Vorbildung auf dem Gymnasium zu Stendal, studirte dann in Halle und Berlin Philologie; wurde 3. Juli 1868 auf Grund seiner Disserta-

---

*) Eine Zusammenstellung aller derjenigen früheren und jetzigen Schüler der Anstalt, welche an dem ruhmreichen Kriege als Combattanten oder Aerzte theilgenommen haben, wird Vielen erwünscht sein. Es liegt in der Natur der Sache, dass sie noch vielfacher Ergänzung und Berichtigung bedarf. Jede darauf bezügliche Mittheilung wird mit grossem Danke entgegengenommen werden. — Den Heldentod fürs Vaterland starben von unseren früheren Schülern Fritz Graf von Schwerin, Abiturient 1858, Vice-Consul in Constantinopel, gefallen bei Gravelotte. — Otto von Hindersin, Lieutenant im Kaiser Franz Grenadier-Regiment, zu Anfang des Krieges mit dem eisernen Kreuz decorirt, verwundet bei St. Privat, an den Wunden gestorben im November 1870. — Georg Schöneberg, Lieutenant. — Joh. Alb. Karl Buhnhof, Abit. 1869, erlag den Strapazen auf dem Marsche nach Paris. — Ausser diesen haben den Feldzug mitgemacht als Offiziere: Gust. Adolf Rehrendt (Abit. 1866). — Hans Alf. Rich. Paul Bröcker (Abit. 1866). — Bernh. v. Carision (Abit. 1864). — Felix Gropius (Abit. 1868, eis. Kreuz). Richard Günther (Abit. 1869). — Adolf Gottl. Willh. von Hake (Abit. 1870, eis. Kr. 2. u. 1. Kl.). — Max Holthoff (eis. Kr. 2. u. 1. Kl.). — Heinr. Honig (eis. Kr.) — Alfred von Jagow. — Kämmerer. — Willy Kaumann (Abit. 1868, eis. Kr., verwundet). — Georg Koppa. — Otto Koppe (Abit. 1868, eis. Kr.) — Heinr. Krech (eis. Kr., verw. bei Metz). — La Pierre (eis. Kr.) — Walter Menger (Abit. 1865). — Paul Robert-Tornow (eis. Kr.) — Als Vicefeldwebel Gustav Krüger (verw.) — Edm. Lämmerhirt (Abit. 1866). — Louis Karl Aug. Lohff (Abit. 1866). — Friedr. Schwartze (Abit. 1862, eis. Kr.) — Als Aerzte: Richard Döring (Abit. 1859, eis. Kr.) — Emil Funcke (Abit. 1868). — Henry Menger (Abit. 1865). — Paul Rietzel (Abit. 1865). — Paul Sachse (Abit. 1858). — Georg Fried. Herm. Schuster (Abit. 1864, eis. Kr.) — Albert Villaret (Abit. 1867, eis. Kr.) — Paul Rietzel (Abit. 1865). — Als Thierarzt: Wilhelm Rietzel. — Als Reservisten, einjährige Freiwillige, Avantageure und als Lazarethgehilfen: Oscar Aschenborn (Abit. 1869). — Ludw. Broslauer. — Aug. Wilh. Friedr. Backhaus (Abit. 1866). — Gustav Coqui (Abit. 1867). — Richard Eisenmann, Gustav Engels (Abit. 1870). — Moritz Fleischer (Abit. 1861). — Richard Fleischer (Abit. 1868). — Felix Fleischer. — Karl Flickel (Abit. 1870). — Paul Förster. — Walter Gropius. — Adalb. Hänel. — Gustav und Walther Hannemann, Paul Hönow, Martin Koppa (Abit. 1869, eis. Kr.) — Philipp Koppa (Abit. 1870, eis. Kr.) — Albert Krona. — Reinhold Krüger (Abit. 1867, eis. Kr.) — Felix Krüger (Abit. 1869). — Waldemar Krüger. — Wilh. Gust. Lassaberg. — (Abit. 1867, verw.) — Max Leist (noch jetzt Ober-Primaner.) — Richard Lomax (Abit. 1870). — Ludw. Märkel (Abit. 1869). — Alfred Mencke. — Fritz Nitze (verw.) — Victor Nowaky (Abit. 1869). — Wilh. Oehlert (Abit. 1858), — 3 Gebrüder Overbeck, Paul Post. — Max Quadt (Abit. 1869). — Otto Reimer (Abit. 1868). — Karl Reuschler (Abit. 1868). — Karl Robert-Tornow. — (Abit. 1867) — E. Roehl. — Fritz Schwieger. — Paul Schwieger (Abit. 1868). — Aug. Schüller. — P. F. Schäfer. — Felix Simon. — Bruno Stort (Abit. 1870). — Hermann Verworn (Abit. 1867). — Adolf Zahn (Abit. 1869).

tion Ἡλιοδώρου Ἀριστοφάνειος κωλομετρία zum Dr. phil. promovirt. Das Probejahr absolvirte er von Michaelis 1869—1870 in Neu-Ruppin, und legte das Examen pro facultate docendi den 19. Januar 1870 ab. Vom Juli 1870 bis zu Pfingsten 1871 stand er in Frankreich bei der Armee im brandenburgischen Artillerie-Regiment. Ausser der Doktor-Dissertation ist von ihm erschienen: Heliodori Colometriae Aristophaneae quantum superest una cum reliquis scholiis in Aristophanem metricis.

Friedrich Junge, 1847 zu Torgau geboren, besuchte, nachdem er auf dem Gymnasium seiner Vaterstadt das Zeugniss der Reife erlangt, von Ostern 1865 bis Michaelis 1868 die Universitäten Halle, Leipzig und Berlin, um Geschichte und Philologie zu studiren. Im Februar 1869 ward er auf Grund seiner Dissertation: „De Ciliciae Romanorum provinciae origine ac primordiis" von der philosoph. Facultät zu Halle zum Doctor promovirt und legte im Februar 1870 vor der wissensch. Prüfungscommission zu Halle das examen pro facultate docendi ab. Ostern 1870 trat er in das Kgl. paedag. Seminar zu Berlin ein, dem er bis Michaelis 1871 angehörte, und absolvirte die erste Hälfte seines Probejahres am Berlinischen Gymnasium zum grauen Kloster. Seit Michaelis 1870 war er am Friedrichs-Gymnasium thätig, zuerst als Probecandidat und Hilfslehrer, bis ihm Michaelis 1871 die städtischen Behörden die 11. ordentliche Lehrerstelle der Anstalt übertrugen.

Nach Absolvirung des Probejahrs verliessen die Anstalt zu Ostern v. J. die Schulamtscandidaten Herr Dr. Körner, um einem Ruf als ordentlicher Lehrer an der Friedrichs-Realschule zu Berlin zu folgen; Herr Dr. Heidenhain und Herr Dr. O. Schneider, welche als wissenschaftliche Hilfslehrer an die Friedrich-Werdersche-Gewerbeschule und an das Gymnasium zu Landsberg a. W. übergingen; zu Michaelis v. J. der Schulamtscandidat Herr Rohleder.

Es traten dagegen ihr Probejahr zu Ostern v. J. an: die Schulamtscandidaten Herr Dr. Siecke und Dr. Bloting, letzterer als Mitglied des Königlichen pädagogischen Seminars.

Ferner war von Ostern 1871 ab bis zu Ende des Jahres als wissenschaftlicher Hilfslehrer Herr Matzat am Gymnasium beschäftigt. Er verliess dasselbe um in eine ordentliche Lehrerstelle an der Realschule zu Spremberg einzutreten. Seine Lectionen übernahm zum grössten Theil vom 1. Januar d. J. ab der Schulamts-Candidat Herr Dr. Lengnick.

Das Lehrercollegium besteht jetzt aus:
I. Dem Director, Professor Dr. Kempf.
II. Den Oberlehrern: 1. Dr. Amen. 2. Dr. Küster. 3. Dr. Gumlich. 4. Dr. Fischer. 5. Dr. Friedländer. 6. Dr. Püschel. 7. Le Viseur.
III. Den ordentlichen Lehrern: 1. Dr. Voigt. 2. Dr. Goldschmidt. 3. Mensel. 4. Dr. R. Müller I. 5. Dr. Engelmann. 6. Dr. Förster. 7. Joh. Müller II. 8. Dr. Menzer. 9. Hohnhorst. 10. Dr. Thiemann. 11. Dr. Junge.
IV. Den Schulamtscandidaten und Probanden: Dr. Siecke und Dr. Bleting und dem Schulamts-Candidaten Dr. Lengnick.
V. Den technischen Lehrern: 1. Maler Worms. 2. Schreiblehrer Salzmann. 3. Musikdirector Hauer.
VI. Den ordentlichen Lehrern der Vorschule: 1. Schmidt. 2. Seele. 3. Gross.

Ferien 1871. Osterferien vom 5. bis 20. April; Pfingstferien vom 26. Mai bis 1. Juni; Sommerferien vom 1. Juli bis 31. Juli; Michaelisferien vom 30. September bis 16. October; Weihnachtsferien vom 20. December bis 4. Januar 1872.

Ferien 1872. Osterferien vom 23. März bis 8. April; Pfingstferien vom 17. bis 23. Mai; Sommerferien vom 6. Juli bis 5. August; Michaelisferien vom 28. September bis 14. October; Weihnachtsferien vom 21. December bis 6. Januar 1873.

Das erste Datum giebt den letzten Schultag vor, das zweite den Anfangstag nach den Ferien an.

Frequenz.

Die Zahl der Schüler des Friedrichs-Gymnasiums und der Vorschule betrug bei Abfassung des vorigen Jahresberichts 601. In diesem Schuljahr besuchten die Anstalt und zwar

	im Sommersemester	im Wintersemester		im Sommersemester	im Wintersemester
Ober-Prima	18	19	Quinta B.	40	42
Unter-Prima	21	22	Sexta A.	88	40
Ober-Secunda	82	30	Sexta B.	40	40
Unter-Secunda	26	82	das Gymn. zusammen 469		470
Ober-Tertia A.	26	27			
Ober-Tertia B.	27	29	1. Vorschulklasse	59	61
Unter-Tertia A.	41	42	2. "	46	58
Unter-Tertia B.	40	42	3. "	53	53
Quarta A.	89	37			
Quarta B.	88	27	die Vorsch. zusammen 158		172
Quinta A.	88	41	die ganze Anstalt 617		642 Schüler.

Die Abiturientenprüfung legten ab und wurden mit dem Zeugniss der Reife entlassen:

Ostern 1871.

1. **Friedrich Beltzing** aus Berlin, 17½ Jahr alt, evangelisch, Sohn eines Rechnungsraths in Berlin, 5 Jahr auf dem Gymnasium, 2 Jahr in Prima, studirt orientalische Sprachen.

2. **Victor Bensieg** aus Berlin, 19 J. alt, evangelisch, Sohn eines Kanzleiraths in Berlin, 9½ J. auf dem Gymnasium, 2 J. in Prima, studirt Jura.

8. **Max Mohr** aus Berlin, 18⁴/₄ J. alt, evangelisch, Sohn eines Fabrikanten in Berlin, 9 J. auf dem Gymnasium, 2 J. in Prima, studirt Medizin.

4. **Karl Michaelis** aus Berlin, 18³/₄ J. alt, evangelisch, Sohn eines Professors an der Universität zu Berlin, 7 J. auf dem Gymnasium, 1½ J. in Prima, studirt Philologie.

Michaelis 1871.

5. **Paul Meyer** aus Berlin, 18½ J. alt, mosaisch, Sohn eines Sanitätsraths zu Berlin, 9 J. auf dem Gymnasium, 2 J. in Prima, studirt Medizin.

6. **Max Schmidt** aus Berlin, 18 J. alt, evangelisch, Sohn eines Lehrers zu Berlin, 10 J. auf dem Gymnasium, 2 J. in Prima, studirt Philologie.

7. **Max Stadthagen** aus Berlin, 17½ J. alt, mosaisch, Sohn eines Dr. phil. zu Berlin, 8 J. auf dem Gymnasium, 2 J. in Prima, studirt Medizin.

8. **Waldemar Hahn** aus Ottmachau, 20 J. alt, katholisch, Sohn eines Rectors a. D. zu Berlin, 2½ J. auf dem Gymnasium, 2 J. in Prima, studirt Mathematik und Naturwissenschaften.

Von der mündlichen Prüfung wurden dispensirt die Abiturienten Karl Michaelis und Max Schmidt.

Ausserdem haben folgende Schüler die Anstalt verlassen um theils' ins bürgerliche Leben, theils auf andere Bildungsanstalten überzugehen. Die letzteren sind mit * bezeichnet.

A. Das Gymnasium.

Ober-Prima: Alfred Löwenberg (Kaufm.). Theodor Boste (Steuerfach).

Unter-Prima: Hans Jürst (Kaufm.). Hermann Gaase (desgl.). Max Adler.* Franz Marggraff.* Franz Burckhardt (Steuerf.). Eugen Isaac (Kaufm.). Emil Dumont (desgl.)

Ober-Secunda: Ernst Schröpffer (Kaufm.). Paul Sandmeyer (Soldat). Karl Krüger (Landwirth). Otto Neumann (Civil-Supernumerär). Max Horwitz (Kaufm.). Oscar Mengel (desgl.) Max Haelke.* Waldemar Heller.* Franz Afinger.* Robert Streckfuss.* Richard Schwarzkopff.*

Unter-Secunda: Fritz Weise (Apotheker). Max Werner.* Richard Sachs (Kaufm.). Raimar Steinhausen (desgl.). Heinrich Vogel (?). Hermann Levy (?). Richard Weigert (Kaufm.). Fritz Peikmann (desgl.). Paul Wolff (desgl.). Ernst Schneider (desgl.). Gustav Pincus (desgl.). Johannes Peters (desgl.). Max Hirschfeld (desgl.). Emil Müller (desgl.). Konrad Neye (Buchhändler). Paul Schmidt

(Kaufm.). Albert Samuelsohn (desgl.). Richard Grubitz (Soldat). Hermann Steinhausen.* Karl Donner (Soldat). Ernst von Wedell (Privatunterricht).

Ober-Tertia: Paul Marsop.* Max Jeretzky (Kaufm.). Oscar Gieseler (Beamter). Max Neumann.* Hermann David.* Benno Markwald (Privatunterricht). Otto Frantz (Kaufm.).- Harald Graef (Privatunterricht). Victor Löchner.* Fritz Freh (Kaufm.). Karl Bernhardi-Grisson.* Paul Villaret.*

Unter-Tertia: Gustav Schilsky.* Hans Mencke.* Karl Schütz (Kaufm.). Emil Neufeld (?). Jacob Gotthelmer (Kaufm.) Alexander Streckfuss.* Louis Sturm (Kaufm.). Paul Zahn.* Johannes Theel (?).

Quarta: Louis Pestou (Privatunterricht). Constans von Heineccius (Cadettencorps). Rudolf Strauss (Baufach.). Paul Seeliger.* Reinhold Haase.* Adolf Maass (Privatunterricht). Franz Becker*.

Quinta: Siegfried Landshoff.* Hans von Thümen.* Georg Korsch.* Max Schneider.* Wilhelm Strauss.* Heinrich und Wilhelm Schellig.* Edwin Allardt.* Max Ewers.* Otto Leuschner.* Richard Schering.* Alfred Bohnhoff.* Albert Bente.* Hugo und Richard Littau.*

Sexta: Hans Weise.* Georg Burghardt.* Julius Michael.*. Oscar Michael.* Adalbert Conrad.* Paul Schellig.* Joseph Wagemann (?). Rudolf Pfuhl.*

B. Die Vorschule.

1. Klasse: Fritz Seemann. Emil Schönerstädt. Max Weise. Stanislaus Rosenthal. Franz Eis. Eugen Ziller. Hermann Meyer. Georg Josephy. Arthur Strömberg. Hermann Salomonsohn. Hermann Riebe.

Einen unserer lieben Schüler haben wir leider durch den Tod verloren. Der Unter-Secundaner Hermann Schmitz, einziger Sohn des Bildhauers Herrn Schmitz, starb im Alter von 17 Jahren, nachdem er neu in diese Anstalt aufgenommen und 8 Tage dem Unterricht beigewohnt, am Nervenfieber den 10. November 1871. Wir haben den herben Verlust mit den Angehörigen tief betrauert.

Lehrapparate.

Für das physikalische Kabinet wurden angeschafft ein elektrischer Rotationsapparat, ein Stroboscop mit Guerikeschen Figuren, ein Flaschenelement, eine Magnetnadel in Holzetui.

An Karten wurden gekauft: Sydow's Nord- und Südamerika, Afrika, Australien, Planigloben; Holle's Nord- und Südamerika, Afrika, Australien; Roost's Asien; Schmidt's historischer Atlas von Berlin; Kiepert's Alt-Italien und dessen römisches Reich; Launitz Inneres des griechischen Theaters.

Für den Zeichenapparat: Tompoltey Baumstudien (72 Blätter), Haun die verwandten Baumarten (7 Blätter), desselben Hülfsblätter zum Landschaftsmalen (12 Blätter).

Die mineralogische Sammlung wurde durch verschiedene Nummern, eine Sammlung von Krystallen, durch ein Modell eines Octaeders und einen imitirten Edelstein (Diamant) vermehrt.

Für die zoologische Sammlung wurden geschenkt ein Falke (Falco tinnunculus) vom Ober-Secundaner Paul Keibel und ein Insektenkasten mit Glasdeckel vom Unter-Tertianer Karl Schulz-Schulzenstein. Angeschafft wurden einige Skelette und eine Sammlung Coleopteren, Hemipteren, Dipteren, Lepidopteren.

Für die mineralogische Sammlung schenkte der Unter-Tertianer Felix Uber eine Anzahl schöner Mineralien.

Die Bibliothek wurde vermehrt:

Durch Geschenke: von Reibnitz und Rathen, Worte eines Psychologen. 2. Bd. Geschenk des Verfassers. — Vom Magistrat zu Berlin: Sieges-Einzugs- und Friedens-Chronik und zur Litteratura Gymnasii: Büchsenschütz, Xenophons griechische Geschichte. 2. Aufl. 1. Heft. — H. Meusel's Pseudo-Callisthenes. — Scholz's Projectivische Eigenschaften der Curven. — Sadebeck, de montium inter Vistritium et Nissam sitorum flora. — Haag, de recensione carminum Homericorum Pisistratea. Aufgaben aus der Lehre vom Grössten und Kleinsten von Bode und E. Fischer, Sammlung und Auflösung mathematischer Aufgaben von E. Fischer (die letzten beiden Werke geschenkt von Herrn Schulrath Dr. Hofmann. — Durch Ankauf: Cornelius Nepos ed. Halm. — Zonaras ed Dindorf I—IV. — Madvig, adversaria critica I. — Plinii epistulae et panegyricus ed. Keil. — Anthologia latina ed. Riese. — Nizolius, lexicon Ciceronianum. — Theocritus ed. Fritsche 2. Ausg. — Kühnast, die Hauptpunkte der Livianischen Syntax. — Philostrati opera ed. Kayser. — Valerius

Flaccus Argonautica ed. Schenkel. — Scenici Romani ed. O. Ribbeck vol. I. — Sallustius ed. Gerlach. — Quintiliani Institutiones ed. Halm. — R. Kühner, ausführliche griech. Grammatik. 2. Aufl. — Zumpt, Criminalprocess der römischen Republik. — Schmitthenner, deutsches Wörterbuch von Weigand. — Grimm, kleine Schriften. — Klöden, Lehrbuch der Geographie. 4. Aufl. — Pütz, Lehrbuch der vergleichenden Erdbeschreibung. 7. Aufl. — Daniel, Lehrbuch der Geographie. 28. Aufl. — Lorenz und Scherr, Geschichte des Elsasses. — Grau Semiten und Indogermanen. — Unger, landschaftliche Bilder zur Geologie. — Brünnow, Lehrbuch der sphärischen Astronomie. 3. Ausg. — Navier, Differential- und Integralrechnung. — Spitz, Differential- und Integralrechnung. — Voigtel, Stammtafeln. — Ausserdem verschiedene Zeitschriften und Fortsetzungen früher angeschaffter Werke.

Für die Schüler-Bibliothek und die bibliotheca pauperum sind geschenkt: Von dem Buchhändler Herrn G. Reimer: Dielitz und Heinrichs, deutsches Lesebuch. 5. Aufl. und 12 Exemplare von Mehler's Hauptsätze der elementaren Mathematik. — Von dem Buchhändler Herrn Gerhard Stalling in Oldenburg: 12 Exemplare des Rechenbuchs von Harms und Kuckuck. — Von Herrn Kaufmann Schröpffer: 5 Thlr., wofür ich den freundlichen Gebern im Namen unserer armen Schüler herzlichen Dank sage.

Verordnungen der Behörden.

6. April 1871. Verfügung des Herrn Finanzministers, betreffend die Ablegung der Feldmesser-Prüfung durch die Aspiranten des Königlichen Forstverwaltungsdienstes. Die allgemeinen Bestimmungen über die Ausbildung und Prüfung dieser Aspiranten können bei den Königlichen Oberförstern eingesehen werden.

8. Mai 1871. V. des Königl. Prov.-Schul-Colleg. Die Beaufsichtigung des Religions-Unterrichtes in den hiesigen höheren Lehranstalten ist dem Herrn Probst Dr. Brückner als General-Superintendenten für die Stadt Berlin übertragen.

28. October 1871. V. des Herrn Cultusministers. Die Zulassung zur Portepeefähnrichs-Prüfung wird von der Beibringung eines von einem Gymnasium oder einer Realschule I. Ordnung ausgestellten Zeugnisses der Reife für Prima abhängig gemacht. Diejenigen jungen Leute, welche ohne Schüler eines Gymnasiums oder einer Realschule I. O. zu sein, ein solches Zeugniss erwerben wollen, haben sich an das Königl. Provinzial-Schulcollegium zu wenden und dabei die Zeugnisse, welche sie etwa schon besitzen, so wie Auskunft über ihre persönlichen Verhältnisse einzureichen. Sie werden von demselben einem Gymnasium oder einer Realschule zur Prüfung überwiesen.

Von diesen wird eine schriftliche und mündliche Prüfung abgehalten. Zu den ersteren gehört bei den Gymnasien ein deutscher Aufsatz, ein lateinisches und französisches Exercitium und eine mathematische Arbeit, mündlich wird im Lateinischen, Griechischen, in der Geschichte und Geographie, in der Mathematik und den Elementen der Physik geprüft. Vor Eintritt in die Prüfung ist von jedem Aspiranten an den Director der Anstalt eine Gebühr von 8 Thlr. zu entrichten.

10. November 1871. V. des Königl. Provinzial-Schulcollegiums. Die Aufnahme neuer Schüler wird von der Beibringung eines Attestes über die stattgehabte Impfung resp. Revaccination abhängig gemacht.

Festlichkeiten.

Am 22. März v. J. wurde der Geburtstag Sr. Maj. des Kaisers durch Gesang und eine Festrede, welche der ordentliche Lehrer Dr. Voigt hielt, gefeiert. Zugleich wurden 200 Exemplare einer Kaiserhymne von Würst, ein Geschenk des Königlichen Hofbuchdruckers Herrn v. Decker, an die Schüler vertheilt.

Am 15. Juni v. J., dem Tage vor der Heimkehr und dem Einzug unserer siegreichen Truppen, wurde durch einen Schulactus dieses frohe Ereigniss von der ganzen Anstalt in erhebender Weise gefeiert. An den Gesang schloss sich eine Rede des ordentlichen Lehrers Dr. Goldschmidt, in welcher derselbe die mühevollste Zeit des Krieges, die glorreichen Kämpfe um Metz schilderte. Darauf vertheilte der Director nach einer Ansprache die Werke, welche der Patron der Anstalt, der Magistrat, zur Erinnerung an diese herrliche Festzeit sämmtlichen höheren Lehranstalten Berlins übersendet hatte, an die Primen der 6 obersten Klassen. Patriotische Gesänge und ein begeistertes Hoch auf den Heldenkaiser und das Heldenheer schlossen das schöne Fest. Am folgenden Tage betheiligte sich die Anstalt bei dem Empfang der Truppen durch eine aus Lehrern und 50 Schülern bestehende Deputation auf der für die Schulen Berlins am Askanischen Platz errichteten Tribüne.

Ein besonders froher und schöner Tag für unsere Jugend war der der Erinnerung an die Entscheidungsschlacht bei Sedan gewidmete 2. September, an welchem ein festlicher Auszug nach dem Grunewald unter Musik, Gesängen, Turnspielen und Wettkämpfen die sämmtlichen Lehrer und Schüler der Anstalt und viele Angehörige der letzteren vereinte.

Die Einführung der Reformation in die Mark Brandenburg wurde in üblicher Weise am 2. November mit Rede und Gesang gefeiert. Die Festrede hielt der Ober-Primaner Hermann Schwebsch. Ihm und dem Ober-Primaner Klatt wurden die vom Magistrat übersendeten Denkmünzen ertheilt.

Eingeführte Lehrbücher.

Sexta. 1. Fürbringer, biblische Geschichte für die Ober-Klassen der Volksschule. — 2. Hopf und Paulsiek, deutsches Lesebuch für Sexta. — 3. Gedike-Hofmann, lateinisches Lesebuch (ohne Anhang). — 4. O. Simon, Aufgaben zum Uebersetzen aus dem Deutschen ins Lateinische. — 5. Harms und Kuckuck, Rechenbuch. — 6. Voigt, Leitfaden für die Geographie.

Quinta. 7. Hopf und Paulsiek, deutsches Lesebuch für Quinta. — 8. Ostermann, Lateinisches Uebungsbuch für Quinta. — 9. Plötz, franz. Elementar-Grammatik (nicht das Elementarbuch). Ausserdem No. 1, 3, 5, 6.

Quarta. 10. Hopf und Paulsiek, deutsches Lesebuch für Quarta. — 11. Ellendt-Seyffert, lateinische Grammatik. — 12. Ostermann, lateinisches Uebungsbuch für Quarta. — 13. Bellermann, griechische Grammatik und Lesebuch. — 14. Jäger, Grundriss der griechischen und römischen Geschichte. Ausserdem No. 3, 5, 6.

Unter-Tertia. 15. Hopf und Paulsiek, deutsches Lesebuch für Tertia. — 16. Ostermann, lateinisches Uebungsbuch für Tertia. — 17. Caesar, de bello Gallico. — 18. Ovid, Metamorphosen. — 19. Gottschick, Uebungsbuch zum Uebersetzen aus dem Deutschen ins Griechische. — 20. Herrig, premières lectures françaises. — 21. Plötz, Grammatik Th. II. — 22. Mehler, Hauptsätze der Elementar-Mathematik. Ausserdem No. 6, 11, 13.

Ober-Tertia. 23. Schillers Gedichte. — 24. Xenophon, Anabasis. — 25. Born, Tabelle der griechischen unregelmässigen Verba. — 26. Caesar, bellum civile. — 27. Goldschmidt, Geschichtstabellen. Ausserdem No. 6, 11, 13, 15, 16, 19, 20, 21, 22.

Unter- und Ober-Secunda. 28. Vergil, Aeneis. — 29. Süpfle, lateinische Stilübungen Th. II. — 30. Homer, Odyssee ed. Dindorf. — 31. Köpke, homerische Formenlehre. — 32. Seyffert, griechische Syntax. — 33. Herrig, la France littéraire. — 34. *Gesenius, hebräische Grammatik. — 35. *Hebräische Bibel. — 36. *Wagner, Englische Grammatik. — 37. *Herrig, Reading book. Ausserdem No. 6, 11, 13, 21, 22, 24, 25, 27.

Unter- und Ober-Prima. 38. Homer, Ilias ed. Dindorf. Ausserdem No. 6, 11, 13, 21, 22, 24, 27, 29, 32, 33, *34, *35, *36, *37.

In der ganzen Anstalt: Bibel mit den Apokryphen, Katechismus, Gesangbuch. — Regeln und Wörterverzeichniss für deutsche Orthographie vom Verein der Berliner Gymnasiallehrer.

Die mit * bezeichneten Bücher sind nur für die am Englischen und Hebräischen theilnehmenden Schüler anzuschaffen.

Bemerkungen.

Das Schulgeld beträgt vierteljährlich 6 Thlr. 7 Sgr. 6 Pf. und ist praenumerando an den Schulgeld-Receptor Herrn Schulze zu zahlen.

Der Besuch von Conditoreien und anderen ähnlichen Localen ist den Schülern ohne Begleitung ihrer Angehörigen nicht gestattet. Ebenso ist ihnen das Tabakrauchen auf den Strassen oder in öffentlichen Localen unbedingt untersagt. Das Zuwiderhandeln gegen dies Verbot hat die Entfernung von der Schule zur Folge.

Den Schülern ist nicht gestattet vor der festgesetzten Zeit in der Schule zu erscheinen oder in der Nähe derselben sich aufzuhalten. Die Oeffnung der Klassenzimmer kann nicht früher als 10 Minuten vor dem gesetzmässigen Anfang erfolgen. Die geehrten Eltern werden deshalb dringend ersucht ihre Söhne so von Hause zu entlassen, dass sie sich nicht vor dieser Zeit vor der Schule einfinden. Alle aus der Nichtbeachtung dieser Anordnung hervorgehenden Nachtheile haben die Eltern sich selbst zuzuschreiben.

Der Abgang eines Schülers ist vier Wochen vorher dem Director schriftlich durch die Eltern anzuzeigen, widrigenfalls das Schulgeld auch für das nächste Quartal zu zahlen ist.

Für die von den Schülern verschuldete Beschädigung des Eigenthums der Schule (Tische, Bänke etc.) haben die Angehörigen einzustehen und die Kosten für die Herstellung des angerichteten Schadens zu zahlen.

Der Sommercursus beginnt Montag den 8. April, Vormittags 8 Uhr. Die Aufnahme neuer Schüler findet statt für die Vorschule am Mittwoch den 3. April, für das Gymnasium am 4. und 5. April Vormittags von 9—12 Uhr.

Dr. Kempf.

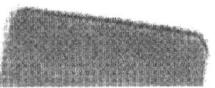